이탈리아 고작5일

이탈리아, 고작 5일

초판 1쇄 발행 2016년 08월 01일
초판 2쇄 발행 2016년 09월 15일

지은이 길정현
펴낸이 류태연

편집 류태연 | **디자인** 박소윤 | **마케팅** 김지홍

펴낸곳 렛츠북
주소 서울시 중구 명동2길 34, 9층 921호
등록 2015년 05월 15일 제2015-000088호
전화 070-4786-4823 | **팩스** 070-7610-2823
이메일 letsbook2@naver.com | **홈페이지** http://blog.naver.com/letsbook21

값 15,000원
ISBN 979-11-86836-85-9 03810

이탈리아 고작5일

글·사진 | 길정현

리츠
BOOK

이 책은 '짧은 시간 동안 이탈리아를 알차게 돌아보려면 이렇게 해라!'를 가르쳐주는 가이드북이 아닙니다.

"낭만은 짧아도 여운은 길 수 있기에
우리의 여행은 언제나 아름답다."

최근 서점에는 '학교를 그만두고', '회사를 그만두고' 몇 달 혹은 몇 년간의 장기 여행을 떠난 사람들의 이야기가 넘쳐나요. 하지만 대부분의 사람들은 그러지 못할걸요? 밥벌이가 지긋지긋한 것은 매한가지일 텐데 '나는 용기가 없어서, 혹은 여행에 대한 간절한 바람이 없어서 그렇게 훌쩍 떠나지 못하는 걸까? 정말로 길게 가는 여행만이 옳은가?'라는 의문에서 시작된 '짧은 여행'에 대한 이야기를 나눠볼까 해요.

살아보고 겪어보는 여행이 대세이고 만인의 로망인 건 저도 알아요. 하지만 내 맘대로 그렇게 하기가 어디 쉽나요? 많은 사람들은 일 년에 고작, 그것도 눈치를 보며 간신히 여행을 가요. 그런 이야기들은 너무나 시시해서인지 세상에 많이 소개되어있지 않죠. 그래서 직접 만들어보자고 생각했어요.

나의 일상을 박차고 나가지 않아도 누구나 짬을 내어 바깥세상을 돌아볼 수 있다는, 너무도 당연해서 아무도 이야기해주지 않았던 사실을 공유하고 싶어 그동안 모아둔 글들을 소개하려고 해요. 여행은 일정의 길이나 다녀온 장소들의 이름으로 기억에 남는 것이 아니라 내가 무엇을 느꼈는가에 더 중점을 두어야 한다고 생각하기에 제 글들이 '일정이 길어야만 제대로 된 여행을 할 수 있을 것'이라는 편견을 깰 수 있다면 좋겠어요.

누군가는 "5일은 너무 짧잖아"라고 할지 몰라도 어딘가에 메여 있는 사람들에게 5일은 엄청나게 길고, 또 소중한 시간이에요. 일정이 짧은 만큼 더 간절한 태도로 여행을 하게 되기에 제법 많은 것을 보고 듣고 느끼고 배울 수 있답니다. "안녕"이라는 1초의 말로 평생 이별하기도 하는데 5일이면 대단한 거죠!

그러니까 남들처럼 길게 여행하지 못하는 것을 부끄러워하지도, 남들을 부러워하지도 마세요. 낭만은 짧아도 여운은 길 수 있기에 우리의 짧은 여행도 충분히 아름다울 수 있어요.

저는 이탈리아에 두 번 다녀왔어요. 로마와 남부, 바티칸에서 4박 6일, 밀라노, 베로나, 피렌체 그리고 베네치아에서 5박 7일을 보냈답니다. 두 번의 여행 모두 짧은 일정이었지만, 짧았기에 더욱 그 순간의 느낌에 충실한 여행이 가능했던 것 같아요.

제가 느낀 것들을 이 책을 통해 나눌 수 있게 되어 참으로 감사합니다.
언젠가 또다시 이탈리아로 짧은 여행을 떠날 수 있는 날이 오길 기다리며
그리고 우리의 모든 짧은 여행을 응원하며

이탈리아, 고작 5일
시작해봅니다.

Chapter2.

두 번째 이탈리아 : 밀라노-베로나-피렌체-베네치아

Chapter3.

이 미술관에선 이것을 보세요!

Intro

첫 번째 이탈리아

첫 번째 날 - 로마에 한밤중 도착, 숙소 도착하여 그대로 취침

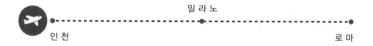

밀 라 노

인 천   로 마

두 번째 날 - 로마 시내 구경

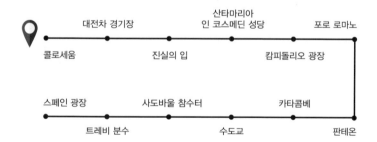

	대전차 경기장	산타마리아 인 코스메딘 성당	포로 로마노
콜로세움	진실의 입	캄피돌리오 광장	

스페인 광장	사도바울 참수터	카타콤베	
트레비 분수	수도교	판테온	

세 번째 날 – 투어 버스를 활용한 당일치기 남부 투어

네 번째 날 – 바티칸 시티 구경 후 로마 시내에서 유유자적

마지막 날 – 로마 거리 및 공원과 미술관 산책 후 공항으로 이동하여 귀국

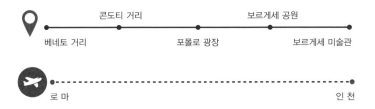

두 번째 이탈리아

첫 번째 날 – 이스탄불을 경유하여 점심시간 때 즈음 밀라노 도착,
간단히 짐을 풀고 밀라노 시내 구경

두 번째 날 – 당일치기로 베로나 구경 후 피렌체로 이동하여 취침

베로나 시내 뚜벅이 구경

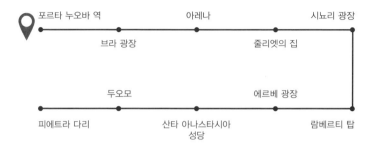

포르타 누오바 역 — 아레나 — 시뇨리 광장

브라 광장 — 줄리엣의 집

두오모 — 에르베 광장

피에트라 다리 — 산타 아나스타시아 성당 — 람베르티 탑

세 번째 날 – 우피치 미술관 관람 및 피렌체 시내 구경

우피치 미술관 — 산타 크로체 성당 — 피티 궁전

시뇨리아 광장 — 단테의 집 — 베키오 다리 — 미켈란젤로 광장

네 번째 날 – 종일 피렌체 시내 구경 후 베네치아로 이동하여 취침

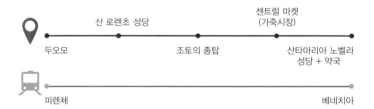

산 로렌초 성당 — 센트럴 마켓 (가죽시장)

두오모 — 조토의 종탑 — 산타마리아 노벨라 성당 + 약국

피렌체 — 베네치아

다섯 번째 날 – 무라노 섬과 부라노 섬 산책 후 베네치아 시내 구경

베네치아 본섬에서의 관광 코스

마지막 날 – 런던 공항을 경유하여 귀국

이탈리아 여행 준비물

이탈리아 여행 시 대부분은 도보로 이동하게 되는 데다 바닥이 우둘투둘한 돌로 짜여진 곳이 많기 때문에 쿠션이 탄탄하고 편안한 신발은 필수. 햇빛도 강렬하기 때문에 계절에 관계없이 선블록과 선글라스도 꼭 필요하다. 이탈리아라고 하면 엄청나게 따뜻하고 더울 것 같지만 북부, 중부, 남부에 따라 기온 차이가 제법 크며 한여름을 제외하고는 사실 심하게 덥지도 않다. 비라도 내리면 을씨년스러움이 배가 되어 뼛속까지 시린 느낌이 들 수 있으니 걸칠 겉옷은 꼭 챙기자.

소매치기가 제법 있기 때문에 백팩보다는 크로스백이 좋으며, 굳이 크로스백이 아니더라도 에코백처럼 지퍼가 아예 없는 형태는 위험하니 반드시 지퍼로 잠글 수 있는 보조가방을 챙기자. 기차를 타고 도시와 도시 사이를 이동할 시엔 자전거 자물쇠로 캐리어를 기차에 묶어

두면 안심이 된다. 한국에 비해 동전을 많이 사용하므로 동전 지갑도 있으면 좋다.

- 편한 신발
- 선블록, 선글라스
- 걸칠 만한 겉옷
- 지퍼로 잠글 수 있는 보조가방과 자전거 자물쇠
- 동전 지갑

이탈리아 쇼핑 리스트

　쓸데없이 돈 쓴다고 해도 별수 없지만 자본주의 사회에 속한 이상 '산다(live)'는 것은 뭔가를 '산다(buy)'는 것이라고 믿고 있다. 그래서인지 난 가끔 영수증을 보고 나의 정체성을 다시금 확인한다. "저는 이곳에 다녀왔습니다. 그리고 저는 그곳의 수많은 물건들 중에 고르고 골라서 이것들을 샀지요"라고 하는 자체만으로도 충분히 자아가 단단해지는 느낌. '자아'라고 하니 엄청나게 위대하고 고상한 느낌인데 자아라는 게 꼭 그런 것만은 아니고 좀 더 쉽게 말하자면 '취향'이라고 해두는 편이 좋겠다.

　나는 인간이란 쉬이 변하지 않는다고 믿는 편이고 그건 취향도 마찬가지라고 생각한다. 애써 골라 듣는 음악이라거나 찾아 읽는 책, 물건을 보는 눈 같은 것들은 절대로 쉽게 변하지 않는다. 그렇기에 그 사람이 산 것들을 보면 분명히 그 사람을 알 수 있다.

• **마그넷**

항상 어딘가를 다녀오면 기념이 될 만한 마그넷을 사곤 한다. 소소한 것들은 마음에 드는 것이 눈에 띄었을 때 바로 구매하는 편이 좋다. 의외로 다시 찾으려면 힘든 경우가 많기 때문.

• **마비스 치약**

뽀득뽀득하게 닦이는 게 매력인 치약. 로마 공항에서도 팔고 있다.

• **컵**

직접 그림을 휘갈겨 그린 듯한 컵으로 소렌토에서 구매.

• 페스토 소스

파스타 소스는 한국에서도 많이 살 수 있지만 페스토 소스는 의외로 구하기가 쉽지 않다. 딱히 브랜드를 따질 것도 없고, 적당한 가격과 용량을 기준으로 구매해도 실패하지 않는다.

• 레몬첼로

현지 발음으로 하면 리몬첼로. 남부지방의 지역술인데 예쁜 생김새와 달리 도수는 무려 40도. 병 모양도 사이즈도 색깔도 다양해서 고르는 데 한참 걸렸다.

• 치즈들

일명 '천사 치즈'라고 불리는 염소 치즈는 사실은 프랑스제이지만 한국에서 사는 것보다는 이탈리아에서 구매하는 것이 훨씬 저렴하다. 네모난 치즈는 제형이 몹시 단단해서 곱게 갈아 샐러드나 파스타 위에 올리는 용도이지만 그냥 뭉텅뭉텅 썰어 먹어도 고소하고 맛있다.

• 포켓 커피

이탈리아에 가면 꼭 사 먹어야 한다는 바로 그것! 초콜릿 안에 에스프레소가 그대로 들어있어 단맛과 쓴맛을 동시에 느끼면서 당과 카페인을 동시에 섭취 가능한 획기적인 상품. To go는 빨대를 꽂아 먹는 형태인데 어느 쪽이든 고단할 때 하나 먹으면 기운이 불끈 솟는다.

• 산타 마리아 노벨라 화장품

한국인들이 어찌나 많이 다녀갔는지 주인아주머니가 "고현정 크림?"하며 한국말로 안내하던. 본점은 피렌체에 있지만 로마에도 지점이 있어 구매 가능하다.

• 파스타 면

페스토 소스와 마찬가지로 파스타 면은 한국에도 많지만 이런 형태의 면은 처음 봐서 구매했다. 페스토 소스와 잘 어울렸다.

• 누텔라

악마의 잼이라 불리는 초콜릿 잼. 워낙 유명하지만 누텔라가 이탈리아 제품인 것은 아는 사람은 그리 많지 않은 듯하다. 도토리가 들어간다고 하는데 초콜릿 맛이 워낙 강해서 도토리의 느낌은 전혀 없다.

• 그란 솔라일

액체 형태이지만 얼리면 샤베트가 되는 녀석인데 간편하고 맛있다. 각종 과일 맛, 커피 맛 등 여러 종류가 있으니 취향껏 골라 담으면 좋다.

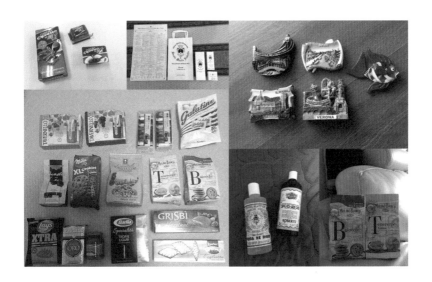

- **포켓 에스프레소**

날이 더워지면 더 이상 포켓 커피는 만날 수가 없다. 이럴 때는 포켓 커피 대신 빨대로 빨아먹는 포켓 에스프레소로 대체할 수 있다.

- **산타 마리아 노벨라 성당의 약국에서 구입한 장미수 토너와 수분크림, 아이젤**

피렌체 본점의 경우엔 한국인 직원과 한국어 안내서도 있어 편하게 쇼핑할 수 있다. 장미수 토너의 '저렴이 버전'이라고 불리는 파란 병 장미수는 마트에서 구입 가능하다.

• 팩 와인

휴대가 편리한 팩 와인. 와인을 병으로 사게 되면 무게도 무겁고 용량도 부담스러우니 이동 중엔 작은 사이즈로 포장된 쪽이 좋다.

• 우유 사탕 '갈라티네'

이탈리아의 '국민 캔디'라고 불리는 사탕. 사실 사탕이라기보단 고체형 분말 형태로 분유 맛이 물씬 난다.

• 각종 쿠키류와 초콜렛 그리고 분말 커피

• 역시나 각 지역의 특색을 나타내는 마그넷

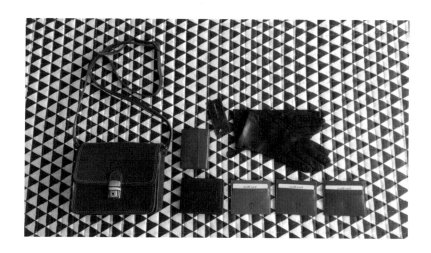

장갑은 베키오 다리 근처의 장갑 전문 상점에서 구매. 이쪽 동네에서는 Madova가 가장 유명한 것 같지만, 이 장갑은 Cinzia에서 구매했다. 갈색 남자 지갑은 가죽시장에 위치한 상점 I MEDICI에서 구매. 나머지는 모두 가죽시장의 노점에서 구매했다.

• 가게 정보

Madova
Via de' Guicciardini, 1/red,50125 Firenze, Italy
http://www.madova.com/

Cinzia
Borgo San Jacopo, 10, 50125 Firenze, Italy

Chapter 1.

첫 번째 이탈리아

로마-남부-바티칸

로마에 가야겠다고 마음을 먹었을 때, 가장 먼저 들었던 말은 "소매치기가 그렇게도 많다던데"라는 얘기였다. 이리저리 자료를 모아보니 소매치기에 대한 일화는 실로 어마어마했다. 때문에 엄청난 공포심을 가지고 이탈리아로 입국했는데, 겪어보니 거기도 결국은 사람 사는 데더라 싶은 정도였다. 내 생각엔 도리어 한국이 지나치게 치안(소매치기 관련만 해당)이 좋은 것 같다.

이탈리아뿐 아니라 그 어느 나라에서도 가방은 '뒤로 매면 뒷 사람

주는 것이고 옆으로 매면 옆 사람 주는 것이다'라고 생각하면 되는데, 한국에서는 그런 일이 적다 보니 외국 나가서 충격을 받는 분들이 제법 많은 것 같다. 원래 뒤로 매는 가방은 한국에서만 가능하다고 생각하는 게 좋다. 커피숍이나 패스트푸드 점에서 자리에 가방만 덩그러니 놓고 카운터로 주문하러 가도 이상이 없는 나라는 한국뿐이다. 지나가는 사람에게 최신 스마트폰이나 카메라를 들려주며 사진 좀 찍어 달라고 해도 되는 나라도 한국뿐이며, 뒷주머니에 핸드폰이나 지갑을 넣고 아무렇지 않게 돌아다닐 수 있는 곳도 사실은 흔치 않다. 사람이 붐비는 곳에서 가방과 주머니에 신경 쓰지 않고 다녀도 되고 심지어 다른 사람이 "가방 지퍼가 열려있어요, 지갑이 떨어졌어요"라고 알려주는 나라도 드물다. 왜 유독 한국 사람들이 남의 물건에 욕심이 없는지는 잘 모르겠지만 실상이 그렇다.

아무튼 치안 좋은 곳에서 오래 살던 분들은 안 그런 곳에 사는 사람보다 당연히 부주의(그러나 그들, 한국인의 기준에서 그건 부주의한 게 아니다)할 수밖에 없으니 쉽게 타겟이 되는 것 같다. 흉기를 들이댄다거나 힘으로 뺏어간다면 장사가 없겠지만 일단 가방은 항상 꼭 닫고 주머니에는 아무것도 넣지 않고 다니는 것이 좋다. 하지만 가방 단속이든 주머니 단속이든 평소에 잘 하지 않던 일이라 은근히 귀찮고 신경이 쓰이는 일인 건 분명하기에 이런 곳에 다녀오면 한국의 소중함을 다시 한 번 깨닫게 된다.

하나 더, 한국인들은 누가 주머니에 손을 넣어도 대부분 크게 소리를 못 지른다고 한다. 서양인들에 비해 소심하기도 하고 그런 일을 별로 겪어본 적도 없으니까 '이게 뭐지?'라고 당황하다 보면 이미 상황

종료. 수상하다 싶으면 크게 소리 지르거나 한국말로 거칠게 퍼부어 주면 대부분은 포기하고 도망을 간다. 재밌는 것은 전 세계 모든 언어의 공통점 중 하나가 '어감이 몹시 강한 말은 다 욕'이라는 건데 한국말을 몰라도 이게 욕이구나 하는 건 알아듣고 '만만치 않은 상대구나'라고 느끼면 포기하는 경우가 많다. 어차피 사방에 널린 게 관광객이고 그들의 지갑인지라 굳이 만만찮은 상대와 싸워가며 그 지갑을 훔칠 이유는 별로 없을 듯하다. 소매치기 때문에 여행지를 바꾸거나 아예 여행을 취소하거나 하는 분들도 꽤 있던데 그렇게까지 할 필요는 없다고 생각한다. 무엇보다 그런 이유만으로 포기하기에 이탈리아는 너무나 매력 넘치는 곳이다.

그럼 적당한 긴장감과 함께 즐거운 여행들 되시길!

로마에서 먹은 모든 파스타는 설익었었다. 그 어떤 집에 가도 마찬가지였다. 이것을 전문 용어로는 알 단테 상태라고 한다. 한국에도 가끔 '저희 식당은 알 단테 상태로 조리합니다'라고 적어둔 곳이 있지만, 여기의 알 단테는 한국의 그것과는 차원이 다르다. 파스타들은 모두 면을 씹었을 때 안쪽의 심지가 느껴질 정도로 단단해서 제대로 익은 게 맞나 싶을 정도였다. 재료 본연의 맛과 향, 씹는 질감을 위해서 일부러 이렇게 조리한다고 하는데, 꼬들꼬들하니 확실히 좀 더 고소한 밀가루 맛이 느껴지긴 한다. 알 단테의 사전적 정의는 다음과 같다.

* 알 단테/알 덴테 [al dente]

　채소나 파스타류의 맛을 볼 때, 이로 끊어 보아서 너무 부드럽지도 않고 과다하게 조리되어 물컹거리지도 않아 약간의 저항력을 가지고 있어 씹는 촉감이 느껴지는 것을 말한다. 즉, 스파게티 면을 삶았을 때 안쪽에서 단단함이 살짝 느껴질 정도를 말한다.

- 두산백과 참조

　이 조리법의 장점이자 단점은 조금만 먹어도 금방 배가 불러온다는 것이다. 원래 이탈리아 사람들이 대식가이기도 하고, 다른 사람들에 비해 내가 먹는 양이 적은 편이기도 하고, 조리법도 쉽게 배부르게 만드는 스타일이고 해서 결국은 이 아까운 것을 반도 먹지 못했다.

　반도 비우지 못한 접시를 앞에 두고 사람과 사람의 관계에 대해 생각해본다. 너무 덜 익어도 곤란, 너무 푹 익어 퍼져버려도 곤란. 적당한 상태로 유지하는 게 최선일 텐데 그것 또한 그런 방식의 관계 맺기에 익숙지 못한 나 같은 사람에겐 몹시 피곤한 일이니 이것도 조금 곤란. 어찌해야 할 바를 모르겠다. 이러니저러니 고민을 해봐도 결국은 되는대로 흘러간다. 워낙 좋은 사람에겐 있는 대로 다 퍼내어 주고 싫은 사람과는 눈도 안 마주치는 성격인지라 알 단테 같은 상태로 지내는 관계는 내 삶에는 아직 없다. '적당히 중도를 지키자'보다는 '망할 거면 쫄딱 망하자'는 막무가내식 인생관이다.

　하지만 누군가를 진심으로 싫어하는 것도, 누군가를 진심으로 좋아하는 것도 무척 피곤한 일이다. 에너지가 넘치던 시절에는 누군가를 죽도록 미워도 해보고 죽도록 좋아도 해보았으나, 이제는 그러는 것도 내 스스로 체력에 부친다. 앞으로 나이를 더 먹으면 어떻게 되려나. 나도 결국은 알 단테 같은 인간이 되는 걸까 생각하니 문득 두려워졌다. 그렇게 되기 전에 부디 더 많은 사람들을 있는 힘껏 아끼고 사랑할 수 있기를.

• 식당 정보
Taverna della Scala
Piazza della Scala, 19,00153 Roma, Italy
http://www.tavernadellascala.it/

　　3D로도 부족하여 4D 영화가 쏟아져 나오는 시대이건만 아직도 사람들은 그때 그 흑백 영화를 잊지 못한다. 〈로마의 휴일〉도 그런 영화들 중 하나다. 그리고 영화 속의 오드리 헵번이 장난을 치는 그레고리 펙에게 깜찍하게 안겼던 건 '진실의 입' 앞에서였다.

　　이곳에는 거짓말쟁이가 손을 넣으면 트리톤이 입을 다물어버려 손이 잘린다는 전설이 있다. 하수구 뚜껑으로 쓰였다는 루머도 있지만 이는 말 그대로 루머인 걸로 알고 있다. 아무리 사치하던 시대라지만 하수도 뚜껑을 굳이 1톤이 넘는 수입 대리석으로 만들 이유가 없다는 의견이 지배적이다. 대신 분수 장식으로 쓰였던 것으로 추정하지만, 확실히 어디에 어떻게 쓰였는지는 잘 모른다고. 어차피 진실의 입은 〈로마의 휴일〉 덕에 그것이 무엇인지보다 그 자체만으로 중요한 존재가 되어 버렸다. 존재만으로 사랑받는다는 건 말처럼 쉽지만은 않은

데, 진실의 입은 심지어 오랜 세월 동안 그 일을 해내고 있다.

개인적으로는 진실의 입보다 '산타 마리아 인 코스메딘 성당(Basilica di Santa Maria in Cosmedin)'이 더 좋았다. 진실의 입 바로 옆에 있는 이 성당은 4세기경에 지어진 아주 오래된 성당인데 바닥의 모자이크와 내부 장식들이 지금 시대를 사는 내가 봐도 반박할 수 없게 아기자기하고 아름다웠다. 진실의 입의 인기에 눌려 다소 덜 알려져 있지만 많은 사람들이 꼭 한번 둘러보았으면 싶었다.

아무튼 많은 사람들이 이곳을 찾아 입속에 손을 넣고 사진을 찍느라 트리톤의 입은 닳고 닳아 점점 더 커지고 있다고 한다. 이곳에서 사진을 찍으려면 당연히 줄도 서야 한다. 여기까지 왔으니 그의 입이 커지는 과정에 나도 일조해보았다.

　나는 '로마'하면 콜로세움(Colosseum)이 가장 먼저 떠오른다. 글레디
에이터를 연상시키는 콜로세움은 다들 잘 알고 있듯이 고대 로마 시
대에 검투 경기 등이 열리던 원형 경기장이다. 시멘트, 벽돌, 엘리베이
터 등 그 시대의 첨단 건축 기술이 모두 동원되어 지어진 어마어마한
규모의 건축물이지만, 르네상스 건축 붐이 일 때 건축 자재로 깨작깨
작 뜯겨져 나가 현재는 반 정도만 남아 있는 것이라고 한다. 궂은 날
씨에, 이른 아침이었는데도 불구하고 보존 상태가 좋은 것도 아닌 콜
로세움을 구경하는 사람들이 꽤 많은 걸 보고 '역시 나만 이곳을 로마

의 상징이라고 생각하는 건 아니구나!'하는 생각을 했다.

　사람들은 말한다. 저 게으른 이탈리아 사람들은 조상 잘 만난 덕에 앉아서 편하게 돈 번다고. 왜 한국은 못 그러느냐고, 한국의 조상들은 대체 뭘 한 거냐고.

　하지만 관광 수입은 이탈리아가 벌어들이는 돈 중에서 그다지 비중이 크지 않다고 한다. 이 나라는 철저한 공업국가로 무기, 자동차, 조선 등으로 대부분의 돈을 벌어들이고 있으며 두 번째로 비중이 큰 산업은 패션, 잡화라고. 그 다음이 낙농, 와이너리 등이니 관광은 3순위에도 못 끼는 위치다. 우리의 생각보다 이 나라 사람들은 바지런히 살고 있다. 나만 힘든 게 아니고 잘 몰라서 그렇지 사실은 다들 힘들며, 나의 고난만이 세기의 고난은 아니라는 것은 그 어느 시대, 그 어디에서나 통하는 말인가 보다. 아! 눈에 보이는 것만이 전부가 아니라는 말도.

로마의 카페에는 의자가 없는 곳이 많고, 의자가 있는 곳에는 대부분 '자릿세'라는 것이 별도로 있다. 때문에 많은 사람들이 의자가 있음에도 불구하고 꿋꿋이 스탠딩 바에 서서 커피를 마시곤 한다. 이리저리 돌아다니다 힘들면 카페에 들어가 커피 한 잔 시켜놓고 엉덩이 좀 붙이며 쉰다는 건 불가능한 분위기다. 물론 자릿세를 내면 가능하지만 서서 마시는 것과 가격 차이가 제법 나기에 앉아있는 사람은 대부분 외지인들이거나 노인들이다. 커피값은 서서 마시면 한국보다 많이 싸고 앉아서 마시면 한국 가격과 비슷한 정도이니 큰 부담은 아니지만, 저렇게 따로 값을 매겨놓으면 안 써도 될 돈을 쓰는 것 같아 왠지 억울하다. 대다수의 사람들이 서서 커피를 마시다 보니 원샷하듯 빠르게 마시고 휙 돌아나가곤 하는데 그래서인지 이 동네 커피는 너무 뜨겁지 않게 제공되어 마시기가 편하고 좋았다.

이탈리아에는 아메리카노가 없다고 말로만 들어왔었는데 정말이었다. 에스프레소에 그냥 뜨거운 물만 더 타주면 되는 건데 절대 안 된다며 끝끝내 해주지 않는다. 왜 안 되는 거냐고 물어보니 오히려 내게 그걸 대체 왜 먹느냐고 되묻는다. 한술 더 떠 "그건 그냥 Brown Water일 뿐이야!"라며 언성을 높인다.

그런 면박조차 순순히 수긍될 정도로 이 동네 에스프레소는 정말 맛있다. 지나치게 쓰지도 않고 여러 잔 먹어도 속이 쓰리지도 않다.

우유가 좋아서인지 카푸치노도 맛있다. 아침마다 숙소 앞 카페에서 카푸치노와 크림이 든 크루아상을 한 개씩 먹었다. 먹는 게 남는 거라 는 생각을 오랜만에 해봤다.

　　미켈란젤로(Michelangelo, 1475~1564)가 설계한 '캄피돌리오 광장(Piazza del Campidoglio)'은 이탈리아의 3대 광장 중에서도 가장 아름다운 광장으로 꼽히는 곳이다. 하지만 내게 그곳의 첫인상은 '글쎄'였다. 우중충한 날씨도 한몫을 했겠지만, 특별히 아름다운 것도 잘 모르겠어서 나의 미적 기준이 유달리 남다른가 아리송했다. 그렇다고 '별것도 아니네!'하고 치부하기엔 두 개의 궁전은 정확히 대칭을 이루고 있었고 '코르도나타(Cordonata)'라고 불리는 계단은 너무도 그럴싸했다. 계단은 올라갈 땐 그저 그랬지만 뒤를 돌아보니 '내가 이렇게 높이 올라왔었나?' 싶을 정도로 일종의 착시 효과를 유발하는 형태로 만들어져 있었다.

하지만 높은 곳에서 내려다보니 이야기가 완전히 달라진다. 한 송이 꽃처럼 보이는 바닥의 문양으로 인해 광장 전체가 하나의 예술품처럼 느껴질 정도였다. 미켈란젤로는 왜 이리도 이 광장의 아름다움을 알아보기 어렵게 설계했을까? 그의 대답은 한 차원 위였다.

"이 광장은 당신들을 위한 것이 아니라
하늘에 계시는 그분을 위한 것이다."

　온종일 로마를 거닐면서, '만약에 종교가 없었다면'이라는 가정을 해보았다. 만약에 종교가 없었다면 예술은 지금의 반의 반에도 닿지 못했을 것이고, 좀 더 심하게 말하면 로마가, 이탈리아가, 어쩌면 유럽 자체가 존재하지 않았을 수도 있겠다는 생각이 들었다.

　논쟁의 주제로 삼지 말아야 할 것 1순위가 정치이고, 2순위가 종교라던데 아이러니하게도 이 주제들에 대해 '네가 뭐라고 하든 나는 내 길을 가련다'의 자세로 사는 사람들은 거의 없다. 그래서 늘 이런 논쟁은 소모적인 싸움으로 이어지곤 하는데 이상적인 교훈은 '아무것도 모르면서 덮어놓고 비난하지는 말아달라'이건만 그것도 그리 쉽지는 않다. 아무튼 내 삶에서 별 가치 없는 것들에 대해서는 어떤 말이 오가도 동요가 없지만 소중한 것에 쏟아지는 비난은 흘려듣기가 어렵다. 그래서 많은 사람들은 자신의 소중한 것을 지키기 위해 자신의 목숨까지 기꺼이 내놓았던 것일지도 모른다.

로마 시민권자였던 사도 바울은 바리새인으로서 앞장서서 기독교인을 핍박하던 인물이다. 어느 날 그는 밝은 빛에 놀라 말에서 떨어져 실명하게 되는데 3일 후 예수의 목소리를 듣고 다시 눈을 뜨게 된다. 그 뒤 그는 기독교인으로 개종하여 선교 여행과 수많은 집필 활동을 통해 기독교의 기초를 다지는 데 크게 공헌했다고 한다. 그게 어느 정도였느냐 하면 '예수가 없었다면 바울도 없었겠지만, 바울이 없었다면 지금의 기독교도 없었을 것이다'라는 말까지 기독교 역사에 남았을 정도다. 결국 네로 황제에 의해 사도 바울은 참수형을 당하게 되는데, 형을 받기 전까지 갇혀있던 감옥에 지어진 성당이 지금의 천국의 계단 성당이다(천국의 계단 성당에는 베르나르도 성인이 기도 중에 수많은 연옥의 영혼들이 구원을 받고 이곳의 계단을 통해 천국으로 올라가는 것을 보았다고 전해져 이런 이름이 붙었다는 이야기도 전해진다). 그리고 베어진 그의 목은 바닥에 떨어져 3번 튀었는데 그 자리에서 샘이 솟아났다고 한다. 지금 이곳에는 세 분수 성당이 지어져 있다.

만약 아무런 이야기도 모른다면 이곳들은 수수하고 보잘것없는 작은 성당일 뿐일 수도 있다. 그렇기에 아는 만큼 보인다는 말은 언제나 옳다. 이건 종교인인지 아닌지의 문제가 아니다. 마음을 열고 이야기를 들으면 훨씬 많은 것이 보이는 법이다.

1. '모든 신들을 위한 신전'이란 의미의 판테온. 기독교가 전파되면서 십계명에 따라 우상숭배가 철저히 금해져 당시의 수많은 신전은 모두 파괴되었다. 하지만 판테온만은 가톨릭 성당으로 용도가 변경되면서 살아남았다. 이것이 타협인지 변절인지는 모른다. 확실한 것은 실존적으로 해석된 판테온은 결국 구원을 받았다는 것. 판테온 앞에 서니 문득 카프카가 떠오른다. 실존과 구원을 위해 글을 썼던 한 남자, 우리의 삶에서 글쓰기란 환상을 좇는 일이면서도 실존 그 자체다.

2. 전면의 청동 장식은 그 화려함이 말로만 전해질뿐 텅 비어있다. 바티칸의 성 베드로 대성당을 지을 때 청동이 부족하여 이곳의 청동 장식을 떼어서 녹여다 썼다고 한다. 이 동네 사람들이 그렇다. 참 살뜰하게 있는 걸 활용한다. 콜로세움의 벽돌도 다 떼어다 썼고, 무솔리니 시절엔 그 청동을 또 떼어다 무기를 만드는 데 썼다.

3. 판테온은 '그리스 수학과 로마 건축기법의 결정체'라고 불린다. 돔을 살펴보던 미켈란젤로의 입에서는 "마치 천사가 설계한 것 같다"는 평까지 나왔다고 한다. 그런 이야기를 모른다 해도, 찬찬히 둘러보면 볼수록 흠 잡을 데 없다는 게 나 같은 비전문가의 눈에도 보였다.

4. 천장 가운데 뻥 뚫린 구멍에서 들어오는 빛은 왠지 모를 엄숙함을 느끼게 했다. 한 줄기 빛, 한 줄기 희망. 우리는 많은 순간 신을 잊지만, 신은 언제나 한 줄기 빛을 내리고 있었던 것이다.

어딘가에 가기 전엔 항상 그곳 특유의 음식을 조사해보는데 아무리 찾아도 이 동네에서 먹을 건 피자와 파스타뿐이다. 나폴리에 사는 친구에게 "이것밖에 없어?"라고 물으니 "그렇다"는 명쾌한 답이 돌아온다. 리소토를 찾으니 그건 북부 음식이기에 로마 음식이라고는 할 수 없다는 단호한 대답. 그럼 지겨워서 어떻게 맨날 그것만 먹느냐고 했더니 파스타 종류만 해도 1,000가지가 넘는데 뭐가 지겹다는 거냐며 이해할 수 없다는 모양새다.

로마 여행 첫날, 운 좋게도 우연히 만난 한국분들과 함께 식사를 할 수 있었다.

- 펜네 면의 아라비아타
- 스파게티 면의 카르보나라
- 부카티니 면의 아마트리치아나

토마토소스 베이스에 매운 고추를 추가한 게 아라비아타이고 여기에 돼지 목살이나 베이컨을 추가한 건 아마트리치아나다. 카르보나라는 한국에서 흔히 보이는 우유와 생크림 베이스의 크림소스가 아니라 달걀노른자와 버터, 치즈로 만든 다소 뻑뻑한 요리다. 한국에서 먹던 카르보나라를 생각하고 주문했다가 많이들 낭패를 본다고 하는데 요즘은 한국에도 이런 스타일로 카르보나라 해주는 집이 제법 있어서인지 생소하진 않았다.

펜네 면은 만년필 촉처럼 생긴 짧은 면으로 한국에도 많이 있고, 스파게티 면은 자주 먹던 바로 그 면이다. 부카티니 면은 약간 굵은 면인데 면 안쪽에 구멍이 뚫려있어 빨대처럼 생겼으며 한국에서는 본 적이 없었던 것 같다. 세 가지 파스타가 모두 면 종류부터 소스까지 제각각이다. 아무래도 파스타 종류가 1,000가지도 넘는다는 말이 거짓말은 아닌 것 같다.

생전 처음 보는 분들과 음식을 조금씩 나눠 먹고 이야기도 조금 나누었다. 이런 자리가 가능한 것은 그들이 한국 사람이고 나도 한국 사람이기 때문이다. "거기까지 가서도 한국 사람이냐?"라고 물어온다면 "내가 한국 사람이니까"라는 궁색한 대답밖에는 내놓을 수 없지만 확실한 건 한국 사람이 좀 더 편하다는 것.

우리 모두는 어차피 다들 닮은 사람을 찾게 되는 것 같다. 취향이 비슷하고 말이 통하고 더 나아가 인생관이 비슷한 사람들, 그렇게 내가 좋아하는 사람들은 다들 나와 닮았다.

• 식당 정보
La Scaletta
Via della Maddalena, 46,00186 Roma, Italy
http://www.lascalettaroma.it/

신이 버린 것

'카타콤베(Catacombe)'는 초기에는 기독교인들의 지하 묘지로만 쓰였으나 점차 심해지는 박해를 피해 기독교인들이 예배를 드리고 은둔생활을 하는 용도로까지 의미가 확장되었다. 지하 5층까지 더듬더듬 내려가는 이 지하 묘지는 사실 묘지라기보다는, 그저 서랍들이 층층이 줄지어 있는 것처럼 보였다. 벽에 대충 구멍을 파고 시신을 넣고 석판으로 막아버린, 그것마저도 자리가 부족하여 그 위에 파고 시신을 넣고 또 파서 시신을 넣고 했던 그런 곳을 '묘지'라고 해도 될까? 어릴 때 프라하의 유대인 지구에서 봤던 유대인 묘지가 자연히 떠올랐다. 비석들이 빽빽하다 못해 더 이상 꽂을 자리가 없어서 비석 위에 또 다른 비석을 올려놓았던 곳. 그런 곳을 '묘지'라고 해도 될까? 신은 왜 이 모든 것들을 만들었으며, 왜 다시 버렸을까? 신이 버린 것이 아니라고 하기에 모든 것은 너무 참혹한 시간을 겪어왔다.

아래로 내려갈수록 지반이 불안정하고, 어둡고 좁은 통로가 미로처럼 복잡하여 관광객들의 실종사건이 왕왕 발생, 지금은 지하 1층의 일부에 대해서 가이드 투어만 가능하다고 한다. 성스러운 곳이라 내부 사진 촬영은 금지되어있지만 그렇게 금지하지 않았다고 해도 어차피 깜깜해서 아무것도 찍을 수 없다.

셀 수도 없이 많은 사람들이 가스실에서, 혹은 지하에서 죽어갔다는 사실 앞에서, 신을 믿는지 믿지 않는지, 믿는다면 어떤 신을 믿는지, 당신의 인종이 무엇인지 같은 질문들은 의미가 없어진다. 그리고 나 혼자만 슬픈 것이 아니라 그 누구여도 느낄 법한, 아주 본질적인 슬픔은 상당히 오래간다. 행복도 좋고 감탄도 좋지만 그런 것들은 그다지 오래가진 못했던 것 같다. 장엄함 앞에서 눈물을 쏟을 때, 나는 비로소 고개 숙이고 삶에 좀 더 고분고분 따랐던 것 같다.

수많은 시간이 지났어도 아직도 내부에는 솔 향 비슷한 냄새가 가득했다. 사람이 죽고 다 썩어 문드러져 가루가 되어도 마지막까지 남는다는 바로 그 냄새 말이다.

수도원에서 맥주라니?

요새 마트에 가보면 다양한 맥주가 수입되면서 레페, 듀벨 등 수도원 맥주('테라피스트'라고 붙은 맥주)를 예전보다 쉽게 만나볼 수 있게 되었다. 하지만 수도원에서 맥주라니? 종교적인 이유로 술을 피하는 사람들도 꽤 있는데, 일반 신자들도 이러는 와중에 가장 금욕적인 생활을 해야 할 수도사란 사람들이 왜 술을 마셔대고 그걸 직접 담그고 앉았느냐고 생각하는 분들도 꽤 많다.

우선 기독교에서 술은 죄악이 아님을 밝혀야겠다. 포도주는 예수의 피라고 일컬어지는데 그것을 마시는 것이 죄일 리 없다. 술을 진탕 마시고 엉망이 되어 십계명을 어기는 것이 문제이지 술 자체에는 죄가 없다. 단지 기독교 종파 중 청교도들은 술을 비롯하여 모든 생활 전반에 대해 금욕적인 태도를 강조하는데, 이 위에서 '장로교'가 시작되었고 이들을 통해 기독교가 한국에 들어왔기 때문에 유독 한국에서 술이 기독교적으로 금지되어있다고 생각하는 것 같다.

수도원 맥주의 시초에 대해선 여러 설들이 난무한다. 수도사들이 금식 기도를 하는 중에 완전히 금식을 하는 것은 아니고, 간혹 유동식을 섭취하기도 하는데 이때 빵을 물에 적셔서 먹다가 이것이 우연찮게 발효가 되어 맥주가 만들어졌다는 설이 그중 가장 유력하다고 한다. 사실 여부는 알 수 없지만 확실한 것은 수도원의 맥주는 금식 기도 중에 거의 유일하게 먹는 것이라 대부분 '액체 빵'이라고 불릴 정도로 칼로리가 높고 알콜 도수도 세다는 것. 평소의 수도사들은 농사를 짓고 양조도 하면서 노동 활동을 하고 여기서 벌어들인 수입으로 수도원을 운영했다고 전해진다.

시작이 어찌 됐건 세상에 맥주라는 것이 존재하기에 참으로 다행이다. 물론 맥주가 아니어도 세상엔 여러 종류의 술이 있지만 고된 하루를 마무리하면서 "한잔하자"라는 말에 저절로 떠오르는 술은 아무래도 맥주다. "파이팅!"의 순간에 어울리는 술도 역시 맥주다. 낯선 방에 혼자 몸을 누이고 홀짝거리다 잠들기에도 맥주가 제격이다. 카타콤베를 둘러보고 나오는 길에 고르고 골라 가장 도수가 낮은 걸로 한 병 샀다. 그래도 7도 정도나 된다.

　물은 높은 곳에서 낮은 곳으로 흐른다. 당연한 것을 보고도 어이가 없어서 믿을 수 없는 경우를 종종 경험하는데 수도교가 꼭 그랬다. 수도교는 깨끗한 수원지에서 시내까지 신선한 물을 끌어오기 위한 로마 시대의 상수도 시설로, 로마의 사치스러운 목욕 문화 등은 모두 수도교가 있어서 가능했다고 한다. 물을 끌어가는 원리는 그저 중력이 전부인데도 그걸 손에 잡힐 수 있게 구현해낸 그 시대 건축 기술에 감탄하고 또 감탄할 수밖에 없었다. 심지어 2,000년 전에 지어진 것이라는 점에서 놀랠 노자다.

수도교는 3/1000도의 각도로 경사를 이루며 수원지부터 시내까지 쭉 연결되어 있었다고 한다. 이보다 경사가 급하면 물이 낙하하는 힘에 의해 수도교가 파괴되고, 더 완만하면 물이 고여서 썩어버리기 때문에 3/1000도가 최적의 각도라고 한다.

수도교 내부에서 물이 흐르는 공간은 몹시 넓어서 많은 양의 물을 손쉽게 끌어올 수 있었는데 절단된 부분을 살펴보니 사람이 다니는데 무리가 없고 심지어 작은 배가 내부에서 움직일 수 있을 정도로 컸다. 이 때문에 적군이 수도교를 통해 시내까지 한 번에 침투할 수 있다는 우려가 커져 추후에 로마인들이 스스로 이를 파괴했다는 이야기가 전해진다.

수도교는 상당히 외곽지역이라 개인적으로 찾아가기는 어려울 것 같아 버스 투어를 이용했다. 위치 덕분인지 한적하고 조용했다. 산책을 하거나 도시락을 가져와서 피크닉을 즐기는 사람들도 꽤 있었다. 이탈리아에 발을 들이고 나서 처음으로 여유라는 것을 느껴보았다.

하지만 사람이 많다는 게 꼭 나쁜 것만은 아니다. 그 많은 사람들이 가는 곳이 다 비슷비슷하니 결국 천편일률적으로 개성 없는 여행을 하는 것 아닐까 하는 걱정도 할 필요가 없다. 어차피 같은 것을 보아도 느끼는 것은 제각각이라 우리의 여행은 동상이몽 그 자체. 같은 처지의 여행객일지라도 우리는 모두 다른 생각을 하고, 고로 다른 여행을 한다. 그렇기에 우리 모두의 여행은 유일하며 특별하다.

참고로 발 디딜 곳 없는 로마라는 곳에서 우리가 만나는 사람 3명 중 1명은 우리와 같은 여행객이다.

여행을 준비할 때 이런저런 카페나 블로그를 많이 찾아보곤 하는데 '인종차별'에 대한 이야기가 종종 보였다. 아무래도 한국에서는 그런 일을 겪어본 적이 없으니까 이슈가 되는 것 같다. 하지만 생각보다 한국이란 나라에 외국인이나 혼혈(사실 이런 표현도 참 우스운 거다)은 무척 많다. 우리가 그리도 외치는 '단일민족'이라는 말이 대체 어디서 나왔으며 그 말에 왜 자부심을 가지는진 모르겠지만 아무튼 한국인이 단일민족이라는 건 전혀 사실이 아니다. 2020년에는 한국 혼혈인구가 전체 인구의 1/3에 달할 것으로 추정하고 있고 2050년에는 45% 이상이 될 것으로 추정한다고 학생 시절에 배웠던 기억도 있다. 사실 한반도는 애당초 아주 옛날부터 여러 민족이 섞여 살았던 곳이었기도 하다.

여행지에서 우리가 마주할 수 있는 차별이란 정당한 대가를 지불했음에도 불구하고 그만큼을 돌려받지 못했을 때에 대한 얘기다. 돈을 냈는데도 물건을 안 판다고 하거나, 이유 없이 못 들어오게 한다거나, 터무니없이 적은 양의 아이스크림을 줬다거나, 음식에 침을 뱉어 나왔다거나 그런 것들 말이다. 길거리에서 꼬맹이들이 "엄마, 저 여자 동양인이야"라고 하는 수준은 그냥 무시해주자. 애들은 그냥 애들이다. 제대로 못 배워서 어떤 형식으로든 진상 짓을 하는 애들은 한국에도 얼마든지 있다. 그런 일로 기분을 잡치기엔 우리의 여행이, 우리의 인생이 너무나 짧다.

하지만 꼬맹이들이 아니라 다 큰 인간들이 그런 짓을 하는 건 완전히 다른 문제다. 사회 간의 갈등으로까지 이어질 수 있는 내용이니까. 인종이든 외모든 개인의 노력으로 바꿀 수 없는 것에 대한 차별은 용납해서는 안 된다고 생각한다.

이토록 많은 사람들이 같은 목적을 가지고 같은 장소에 모이는데, 내가 어디 출신인지가 대체 왜 필요한 것인지 아직도 잘 모르겠다. 이곳에서의 나는 여행자일 뿐. 그것이 나의 전부인데 말이다.

동전을 1개 던지면 로마에 다시 오게 되고 2개 던지면 사랑이 이루어진다는 이야기로 유명한 트레비 분수. 역시나 수많은 사람들이 동전을 던지느라 여념이 없다. 보통은 분수를 등진 상태에서 오른손으로 동전을 잡고 왼쪽 어깨 위로 던지곤 한다. 이렇게 하루에 분수에 던져지는 동전은 3,000유로 정도 된다고 하는데 이 돈은 매일 새벽 로마 경찰의 철저한 감독 아래 수거되어 일부는 분수 관리 비용으로 쓰이고 나머지는 불우 이웃을 돕는 일에 쓰인다고 한다.

요 며칠간 로마의 이곳저곳을 다니면서 수많은 커플들을 봤지만 모녀 커플이 가장 부럽고 예뻐 보였다(지금 문득 든 생각인데 부자나 부녀 커플은 정말 만나기 힘든 듯하다). 나도 언젠가 엄마와 다시 와야겠다는 생각을 했다. 그래서 동전은 1개만 던졌다. 내가 던진 동전이 분수에 쏙 빠지자 옆에서 보고 있던 귀여운 자매가 박수를 쳐주었다.

로마 시내를 둘러보면서 가장 힘들었던 건 '걷기'였다.

평평한 바닥이 아닌 울퉁불퉁한 돌바닥에서는 똑같은 거리를 걸어도 쉽게 지치기 마련이다. 물론 평소보다 절대적으로 많이 걷기도 했다. 그리고 역시 피곤할 땐 당이 땡긴다.

하루를 마무리하면서 티라미수로 유명하다는 티라미수 전문점을 찾았다. "Uno fragola(딸기 하나)"라고 어설픈 이탈리아말로 주문을 하니 딱 그만큼의 어설픈 영어로 어느 나라 사람이냐고 묻는다. 한국에서 왔다고 대답하자 내 말이 끝나기가 무섭게 "숟가락 상자 안에 있습니다"라는 더욱 어설픈 한국말이 되돌아온다. 동시에 아주 숙련된 솜씨로 로봇처럼 빠르게 티라미수를 포장해 휙 내어준다.

이곳에 대체 얼마나 많은 한국인이 다녀간 걸까, 내가 만약 중국에서 왔다거나 일본에서 왔다고 대답했다면 그때도 중국어나 일본어로 숟가락의 위치를 알려주었을까, 여기 직원은 몇 개 국어나 할 수 있는 걸까 하는 궁금증들이 몰려왔다.

얼마나 다양한 사람들이 나만큼의 부푼 마음을 안고 로마에 왔다간 걸까?

제각각의 길을 거쳐 이곳에 왔을 이방인들. 그런 이방인들로 가득한 로마를 보니, 모든 길은 로마로 통한다는 그 말이 어떤 의미에서는 아직도 유효한 것 같다는 생각이 문득 들었다.

숙소로 돌아와서 포장 상자를 열어보니 포슬포슬하고 부드러운 티라미수 위에 딸기가 듬뿍 올라가 있다. 상자 안의 숟가락으로 떠보니 마치 푸딩처럼 뜨인다. 보이는 것만큼 심하게 달지는 않고 적당히 사람을 기분 좋게 하는 단맛이다.

이런 곳에 살다간 매일 이런 것을 사 먹을 테고, 가산을 탕진하는 건 순식간이겠지. 다행히도 지금의 나는 여행자이니까, 가산을 탕진할 일은 없겠지만 그 대신 여행경비를 몽땅 써버릴지도 모른다. 주의해야지!

• 가게 정보
Pompi
Via della Croce, 82,00187 Roma, Italy
http://www.barpompi.it/

이날은 아침부터 서둘러 미리 신청해 둔 투어 버스에 몸을 실었다. 폼페이, 포지타노, 소렌토를 돌아보고 다시 로마로 돌아오는 당일치기 투어다. 이른 시간인데도 버스는 꽉꽉 찼다. 가는 동안 가이드분의 이런저런 설명을 들으며 폼페이로 향했다. 로마에서 2시간 반~3시간 정도 걸리는 것 같다.

로마 제국의 사치스러운 향락문화의 정점에 있던 최대의 휴양도시 폼페이는 서기 79년 8월, 베수비오 화산의 폭발로 한순간에 사라져버렸다. 아무리 인간이 날고 긴다 한들 자연 앞에서는 그저 아무것도 아닌 존재라는 가르침은 맵고 독하다. 하지만 그런 가르침이 값싼 위로나 가능성보다는 더 마음에 든다. 모든 것이 잿더미로 변해버렸는데 그 앞에서 무슨 말을 건넬 수 있을까? 게다가 지금의 과학 기술로도 화산이나 지진 같은 재해는 언제 발생할지 정확히 예측할 수 없다고 하니 우리의 두려움이란 현재진행형일 수밖에 없는데, 그냥 두렵고 무섭다고 인정하는 것이 솔직하지 않을까? 아무튼 베수비오 화산은 폼페이가 잠든 깊은 밤에 터졌고, 그래서 더욱 피해가 컸다고 한다. 바꿔 말하면 사람들과 동물들은 달아나지 못한 채 그 모습 그대로 남았다는 것이다.

폼페이가 끔찍한 재해로 인해 폐허가 된 도시인 건 분명하지만 처참한 광경만 보이는 것은 아니다. 꼼꼼히 들여다보니 놀라운 점은 따로 있었다. 그 당시 이곳에 목욕탕, 극장, 상점, 베이커리, 경기장, 심지어 허가받은 매춘 거리까지 있었다는 점이 바로 그것이다. 부잣집에는 계절별로 응접실이 따로 있었으며 냉장 시설과 보온 시설도 있었다고. 그 옛날에도 있을 것은 다 있었다는 얘기다. 지금과 다른 것은 와이파이가 없다는 정도? 현대 도시와 다를 바 없는 시설이 갖춰진 고대 도시를 보니 '문화는 만들어지는 것이 아니라 반복되는 것'이라는 말이 문득 떠올랐다.

  도시가 워낙 커서 아직 발굴이 1/3 정도밖에 되지 않은 상태라고 하니 무엇이 더 숨겨져 있을지 알 수 없기에 나중이 더욱 기대되는 곳이다. 현재 복원 중, 발굴 중인 곳들은 우리를 설레게 한다. 아직까지 밝혀진 것은 빙산의 일각일 뿐이고 수면 아래에 무엇이, 얼마나 더 숨겨져 있을지 모른다는 기대감. 그래서 그 누구에게도 너의 모든 것을 다 보여주지는 말라는 거겠지. 하지만 나는 원체 유리병 같은 인간인지라 속이 훤히 다 들여다보이는, 포커를 치면 첫판에서 전 재산을 모두 날릴 그런 위인인 것이다. 신비주의나 적당한 거리 유지, 표정관리 등 그런 것에는 소질이 없고, 곧이 곧대로가 삶의 전부인 쉬운 인간 말이다.

이탈리아의 법률상 개인 관람은 불가능하고 단체 관람으로만 입장 가능한 관광지가 정해져 있는데 이때는 반드시 현지인 가이드가 동행해야 한다. 아니면 모두 불법이다. 이들은 주로 깃발을 들고 다닌다거나 혹은 그룹을 따라다니기만 한다. 설명이나 인솔은 한국인 가이드가 다 알아서 한다. 아무 일도 안 하고 날로 돈 버는 것 같기도 하지만, 이탈리아에서는 국가 고시를 통해 인증받은 사람만이 정식 가이드 자격을 받을 수 있는데 이 시험이 무척 어려워 보통 10년 정도 준비하고 응시한다고 한다. 즉, 가이드 자격을 가진 사람들은 모두 국가적 재원이며 그들의 '날로 먹는 깃발잡이'는 처절한 공부의 대가인 셈이다.

　'지금 공부 안 하면 나중에 더울 때 더운 곳에서 일하고 추울 때 추운 곳에서 일하며 고생한다'는 말이 있다. 유감스럽게도 내가 지금 딱 그렇게 살고 있는데, 내 공부가 부족했던 건가. 얼마나 더 공부를 해야 했는가. 삶이란 공부의 연속이라지만 이건 좀 너무 하지 않은가.

　보통의 드라이브는 이곳에서 저곳으로 가기 위한 중간 과정일 뿐이지만, 때로는 그 자체가 멋진 경험이 되기도 한다. 그건 아무래도 교통 상태와 함께하는 사람들, 그리고 창밖 풍경에 크게 좌우되는 것 같다. 포지타노로 가는 길에 아말피 해안도로를 약 40분간 드라이브했다. 이런 꼬불꼬불 산속까지 도로를 뚫어놓았다는 점에서 인간의 힘이란 대단하다는 걸 다시 한 번 느꼈고, 이렇게 여기저기 손을 대놓았는데도 여전히 아름답다는 점에서 자연의 위대함 또한 만끽할 수 있었다.

깎아 지르는 듯한 해안 절벽과 푸른 산, 더 푸른 바다와 하늘은 '푸르다'라는 단어밖에 모르는 나 자신이 답답할 정도로 예뻤다. 예쁜 풍경을 포착하려고 연신 셔터를 눌러댔지만 달리는 차창을 통해 사진을 찍으니 잘 표현이 안 되는 것 같아서 무척 아쉬웠다.

지금 이곳은 손꼽히는 경치 덕분에 수많은 부자들의 여름 별장이 위치하는 피서지가 되었다. 사실 경치가 멋진 곳은 외진 곳과 공통분모를 가진다. 번화가와 멀리 떨어져 있어 사람이 적고 교통이 나쁘니 개발도 잘 안 되어있다. 산동네라 땅값, 집값이 싸니 자연히 가난한 사람들이 많이 살고. 그런 줄줄이 사탕 같은 관계가 있다. 무엇을 해주었으면 좋겠냐는 공무원의 물음에 "우체통을 설치해주세요"라고 민원을 넣었을 정도로 낙후된 곳. 우체통 하나 없어 외부 소식조차 들을 수 없던 산간 오지 마을이 지금은 전 세계 사람들이 몰려들어 해수욕을 즐기고 일광욕을 하고 사진을 찍어가는, 유럽에서 가장 숙박비가 비싼 곳 중 한 곳이 되었다.

사람들은 이상하다. 산을 때려 부숴 평지로 만들고 땅을 넓히겠다며 억지로 바다를 메울 땐 언제고 이제는 사람 손이 최소한으로 닿은 곳을 찾는다. 수많은 돈과 노력을 들여가며 이리저리 주물러 고쳐놓고 이제는 그 돈과 노력을 사람 손 안 닿은 곳을 찾는데 쓰고 있다. 이 모든 것을 지켜본 베수비오 화산은 무슨 생각을 할지 궁금한 하루였다.

폼페이와 포지타노를 거쳐 소렌토에 도착했다. 소렌토는 나폴리만 연안의 휴양도시. 〈돌아오라 소렌토로〉라는 노래도 있고, 특히 한국엔 소렌토라는 차도 있고, 프랜차이즈 식당도 있고 해서 몹시 친숙한 느낌이다. 이곳은 해수욕을 즐기기에도 좋고 마을 자체도 아기자기하고 귀여워 은근히 볼거리가 많았다. 무엇보다 좋은 점은 유명 관광지임에도 불구하고 다른 곳보다 물가가 싸고 치안이 좋다는 점. 오랜만에 긴장을 풀고 여기저기 기웃거렸다.

남쪽 동네여서 그런지 레몬, 올리브 계통의 상품들이 많았다. 특히 도수가 34도나 된다는 레몬 술 레몬첼로(Limoncello)가 유명하다고 하는데 이 술은 식사 후 소화를 돕기 위해 한 잔 정도 마시는 용도니까 한국 술 먹듯이 부어라 마셔라 하면 안 된다는 상세설명이 뒤따랐다.

남부로 내려올수록 과일들이 점점 사이즈가 커지는 느낌을 받았는데, 종자가 다른 것인지 날씨나 토양 탓인지 잘 모르겠다. 왜 이렇게 크냐고 물어봐도 "그냥 이건 레몬. 평범한 레몬"이라고만 해서 궁금증이 해결되지 않았다. '하지만 한국에서 먹는 레몬은 몹시 작잖아. 한국 레몬 사진을 보여줄 걸 그랬나?' 하는 후회를 뒤늦게 해본다.

독일에서 전해지는 맥주 순수령에 따르면 독일 맥주에는 물, 맥아, 홉, 효모 이외의 그 어떤 첨가물도 넣어서는 안 된다. 이와 비슷하게 나폴리 피자에도 이런저런 규정이 있다. 생김새부터 피자에 들어가는 재료, 굽는 방법까지 하나하나 정하고 있어 이를 정확히 따른 것만을 '나폴리 피자'로 인정한다고 한다. 나폴리에서 만든 피자라고 해서 다 나폴리 피자는 아닌 것이다.

심하다 싶은 까탈스러움은 여기저기서 중구난방으로 만들어져 팔리는 나폴리 피자들에 대해 원조 나폴리 피자의 정통성을 지키기 위해 기꺼이 감수되어야 할 노력이다. 원조에 대한 이탈리아인들의 자부심과 긍지랄까, 그런 맥락에서 말이다.

소렌토를 구경한 뒤 피자로 요기를 했다.
피자 마르게리타. 그렇게 까탈스럽게 만들어낸 녀석이니 맛이야 두말할 것이 없다.

오늘은 바티칸 시국의 바티칸 시티에 가는 날이다. 바티칸 시국은 세계에서 가장 작은 나라로 이탈리아와는 또 다른 나라이지만 여권은 없어도 상관없다. 전 세계 가톨릭 신자들의 헌금을 기본으로 재정을 꾸려 나가는 이 작은 나라는 독립적인 외교권과 사법권을 갖고 있지만 국방은 이탈리아에 일임되어있고, 이탈리아 군인이 아닌 스위스 용병들이 교황을 지킨다. 오늘은 성 베드로 대성당과 바티칸 박물관, 그리고 시스티나 성당(Cappella Sistina)을 둘러보기 위해 이 나라를 찾았다.

그중에서 성 베드로 대성당을 가장 먼저 찾았는데 그 규모와 화려함에 입이 벌어질 정도였다. 그도 그럴 것이 이 성당은 짓는 도중에 재정이 부족해지자 '천국에 갈 수 있는 티켓'이라며 면죄부를 판매해 루터의 종교개혁이 일어나게 했던 바로 그 성당이다. 건축 중에 나라 안의 모든 청동을 다 가져다 쓰고 그것으로도 부족해서 판테온에 붙어있던 청동까지 떼어다가 녹여서 썼다고 하니 실로 어마어마하다. 그 웅장함에서 배어 나오는 성스러움은 이런저런 생각 자체를 잊게 하기도 했다.

성당 내부에는 그 유명한 미켈란젤로의 〈피에타 Pieta〉 상과 청동으로 만들어진 〈성 베드로〉 상 등이 있다. 〈피에타〉 상은 한 정신 이상자가 망치로 두들겨 부숴놓아 간신히 복원된 후, 현재는 멀리서, 그것도 두꺼운 유리 벽 뒤에서만 볼 수 있게 보안이 강화되었다. 한편, 〈성 베드로〉 상의 발을 만지면 그동안의 죄가 모두 씻긴다고 하는데 죄 많은 사람들이 하도 발을 만져대어 발가락이 사라지고 발등이 아주 맨질맨질한 상태였다.

유럽에서 수많은 성당과 교회를 볼 때마다 '이런 곳이라면 억지로 전도하지 않아도 저절로 매주 올 텐데, 저절로 신앙심이 생길 텐데'하는 생각을 했다. '왜 한국의 성당이나 교회는 이렇지 못할까, 아무리 역사와 전통이 짧다지만 너무 후진 것 아닌가'라는 생각도 했다. 하지만 여기를 둘러보니 사람들을 쥐어짜고 고통스럽게 하면서 이렇게까지 화려하게 하느님의 집을 짓는 것이 과연 옳을까 하는 의문도 든다. 물론 그 당시 사람들의 사고방식에 대해 이제 와서 왈가왈부할 수는 없는 일이다. 무엇보다 이제 시간이 너무 많이 흘러버렸다.

바티칸 박물관은 고대 이집트부터 그리스, 로마 시대의 조각, 중세, 르네상스, 바로크 미술과 현대 예술에 이르기까지 수천 년에 걸친 인류 역사를 아우르는 어마어마한 규모의 박물관이다. 이 박물관의 소장품은 1,400여 개의 방을 채우고도 남을 정도로 많다고 한다. 일주일 내내 둘러봐도 다 보지 못할 정도인데 이쯤 되면 '여유를 갖고 천천히 돌아본다'는 건 그저 환상에 가깝다. 내가 바쁜 여행자라 항상 시간이 없는 것도 문제지만 사실 박물관이나 미술관에서 오랜 시간을 보내면 엄청나게 지친다. 생각보다 내부에서 은근히 많이 걷게 되고 관람은 곧 집중이라 시간이 지날수록 집중력도 떨어져 그저 체력 싸움으로 변질되기 마련. 그렇기에 보고 싶은 것, 봐야 할 것만 콕콕 찍어 보는 자세가 필요하다.

관광객들은 유명한 작품 앞에만 바글바글하고 그것만 빠르게 보고 우르르 몰려 나가버린다며, 하지만 본인은 아무도 관심 두지 않는 이름 모를 작품 앞에서 몇 시간을 보냈다는 그런 식의 감상도 있다. 비뚤어진 나의 성정에서 비롯된 비약일지도 모르지만, 이런 식의 감상은 사전에 아무것도 알아보지 않았기에 어디에 어떻게 집중해야 할지 잘 몰랐던 것을 포장하려는 것 아닌가 하는 의심이 들 지경이다. 중요한 것에 집중하는 게 왜 그리 폄하되는지 모르겠다. 특히 오랜 시간을 집중하지 못하는 나 같은 사람에겐 선택과 집중은 필수다.

세상 다산 노인들 마냥 세상살이라는 건 이렇다 저렇다 말하는 것도 별로지만, 아무튼 뭔가를 선택할 때는 항상 기회비용이 따르기 때문에 포기해야 하는 것이 분명히 있다. 바티칸 박물관에서는 '여유'를 포기해야 했는데 사실 이건 자의 반 타의 반이랄까. 어차피 내가 아무리 시간이 많고, 심지어 그 동네에 사는 사람이라고 해도 이곳에서 여유를 부리는 건 불가능하다. 입장하는데 만도 한 시간씩 걸리는 데다가 내부에는 사람이 더 많다.

하지만 이곳은 그렇게 부대끼면서 발을 들여도 황홀한 곳이다. 이곳 소장품 전체가 다 걸작이라 일일이 언급하기도 버거울 정도다. 나는 조각 중에서는 〈라오콘 Laocoon〉, 〈벨베데레의 토르소 Torso Belvedere〉에 집중했고 회화 작품 중에서는 카라바조 (Caravaggio, 1573~1610)의 작품인 〈매장 The Entombment of Christ〉, 라파엘로(Raffaello Sanzio, 1483~1520)의 작품 중 〈그리스도의 변용 La Trasfigurazione〉, 〈아테네 학당 School of Athens〉 등에 집중했다. 식상한 감상이겠지만, 책에서만 보던 작품들을 눈앞에서 직접 본다는 것은 '실물을 본다'는 것 이상의 감동이었다. 사진으로는 전달되지 않는 오묘한 색감과 분위기, 인물의 입체감 등을 느껴볼 수 있다는 점 하나만으로도 이곳에 들를 만한 충분한 이유가 된다.

　로마에 왔다면 이곳은 꼭 들러야 한다. 종교와는 아무 관계가 없다. 그리고 가이드의 설명을 듣거나, 미리 책이라도 찾아보고 온다면 더욱 좋겠다.

바티칸 박물관은 소장품들도 대단하지만 그 자체만으로도 정말 대
단하다. 미켈란젤로와 라파엘로가 내부에 벽화를 그린 것은 제쳐놓고

라도 넓고 푸른 잔디밭과 어우러지는 건축물, 조형물들만 봐도 아주 멋지다. 그 중 특히 마음에 들었던 곳은 솔방울 정원이라는 귀여운 애칭으로 불리는 피나 정원 (pigna courtyard)이었다.

높이가 4m나 되는 거대한 솔방울은 로마 판테온 근처의 분수 장식에서 떼어왔다고 한다. 재미있는 것은 솔방울 옆에 있는 거대한 구리 지구본인데, 바티칸 박물관의 모든 건축물과 조형물들이 다 엄청나게 오래된 것들이지만 이 지구본만큼은 '새것'이라고 한다. 1960년에 열렸던 로마 올림픽을 기념하여 1990년도에 만들어진 이 조형물은 〈지구 안의 지구 Sphere within sphere〉로 아르날도 포모도로(Arnaldo Pomodoro, 1926~)가 만든 것. '포모도로'는 '토마토'라는 뜻의 이탈리아어이기도 해 웃음을 자아냈다.

귀여운 두 조형물과 사진을 찍고 얼른 시스티나 성당으로 향했다. 내부에서는 사진 촬영은 물론이고 떠들 수조차 없다. 카메라 셔터와 시끄러운 소리에서 나오는 진동 등에 의해서도 천장화가 변질되어 가고 있기 때문에 다들 조용히 천장을 올려다보면서 감상해야만 한다. 물론 그중에도 시끄럽게 하는 사람들은 있어서 조용히 하라고 중간중간 주의를 주는 안내 요원도 있다.

천장화와 벽화들은 성경의 이야기들을 자세히 표현해 놓았다. 특히 높은 천장의 〈천지창조 Genesis〉와 〈최후의 심판 Last Judgement〉은 넋이 빠져 한참을 들여다보느라 나중에 목이 아플 정도였다. 그 와중에 챙겨간 쌍안경이 제법 유용하게 쓰였다.

나는 어설프게나마 기독교인이라 타 종교인들이나 종교가 없는 사람들이 이런 작품들을 봤을 때 어떤 느낌일지는 잘 모르겠다. 하지만 종교를 떠나서 이 두 작품은 미켈란젤로가 자신의 모든 것을 바친 작품이라고만 생각하고 감상해도 충분할 것 같다.

〈천지창조〉의 경우 길이는 40m, 너비는 13m 정도나 된다. 무려 4년 6개월 동안 미켈란젤로는 천장에 매달려 이 작품을 그렸으며 먹고 자는 시간도 아까워 내려오지 않고 천장에서 숙식을 해결했다고 전해진다. 때문에 시력이 몹시 나빠지고 척추는 휘어버렸으며 얼굴로 물감이 떨어져 착색되어 얼룩덜룩해졌고 목과 어깨에는 디스크가 생기는 등 갖은 직업병을 얻었다고 한다. 그의 고난 덕분인지 화풍은 장중하고 엄숙하면서도 몹시 세밀한데 실제로 보면 이걸 한 사람이 그렸다(기본적인 조수는 있었으나 미켈란젤로가 병적인 완벽주의자였기 때문에 조수에게 100% 맡긴 부분은 없다고 보는 것이 타당하다)는 게 믿기지 않을 정도다. 이런 말도 안 되는 일을 가능하게 하는 것은 돈도, 명예도 아닌 종교의 힘, 바로 신앙심이다. 결국은 종교 이야기를 하지 않을 수가 없나 보다.

《피노키오》를 모르는 사람은 없지만 그 작가가 이탈리아 사람이라
는 것은 다소 생소한 얘기다. 토스카나 지역에는 아예 피노키오 마을
도 있건만 짧은 일정상 가볼 수는 없었다. 그래도 여긴 로마이고 이
탈리아의 '서울'이니까 뭐라도 있지 않을까 싶어 찾아보니 역시 피노
키오 가게가 있다. 게다가 판테온에서 멀지 않다. 잠시 들러보고 싶은
곳이 위치가 애매하면 곤란한데 아주 잘 되었다.

개인의 취향은 제각각이고 존중받아야 마땅하다. 개인적으로는 '쓸

모는 없으나 귀여운 것'에 정신을 못 차린다. "그런 걸 왜 샀어?"라는 말을 거의 매일 들으며 살고 있다. 하지만 모든 소비판단의 가치가 실용성에만 초점이 맞춰진다면 세상은 얼마나 삭막할까? 최선의 효율과 최저의 가격만을 따진다면 난 아마 진작에 숨이 막혔을지도 모른다.

다행스럽게도 나만 이런 취향이 아닌 건 분명하다. 세상의 수많은 인형 가게와 잡화점들이 그 증거다. 꽃집은 또 어떤가. 길어야 일주일 가는 장미 꽃다발은 몇백 년 동안 계속해서 팔리고 있다. 이건 실용성만으로는 설명할 수 없는 얘기다. 그러니까 "왜 이런 걸 사와? 차라리 돈으로 주지"라는 건 그것도 일종의 취향이겠지만, 내 입장에서 볼 땐 정말 팍팍한 소리다. 낭만의 이름으로 허세와 허영이 그럴싸하게 포장되는 게 문제지, 낭만 자체는 아무 문제가 없다. 이래저래 요즘의 낭만은 억울해서 신문고라도 치고 싶을 것 같다.

가게 입구에서는 제페토 할아버지 같은 분이 나무 조각을 끊임없이 깎고 있었다. 가게 안에는 나무로 만든 인형이나 장식품, 시계 등이 가득. 하지만 수제품답게 다소 비싸서 가난한 여행자에겐 무리다. 냉장고에 붙일 마그넷 하나로 아쉬움을 달래면서 가게를 빠져나왔다.

· **가게 정보**

Bartolucci
Via dei Pastini, 96-98-99
00186 Rome, Province of Rome, Italy
http://www.bartolucci.com/

애석하게도 세상은 절대 나를 중심으로 돌아가지 않는다. 내가 벼
르고 별러 몇 달 만에 떠난 여행 내내 태풍이 몰아칠 수도 있고, 기어
코 찾아간 박물관은 리모델링 중이어서 아예 천막을 쳐놓고 분해 중
이라거나, 비를 뚫고 찾아간 식당에선 재료가 다 떨어져 뻔하디 뻔한
햄버거나 먹어야 한다거나 그런 일은 늘상 일어난다. 내 일상의 반경
안에서 이런 일이 일어나는 것은 큰 문제가 아니다. 다음에 다시 오면
되니까. 하지만 내 평생에 다시 여기에 올 일이 있을까 싶어 하며 찾
았는데 사방이 온통 공사 중이라면 이야기가 완전히 달라진다. 그리

고 발을 동동 굴러봐도 이곳 사람들은 그런 것 따위 아랑곳하지 않는 것 같다. "그건 네 사정이고, 우린 복원 중. 아쉬우면 10년 뒤 다시 오세요." 그걸로 끝이다. 한국은 사정이 조금 다르다. 언제나 손님 위주여서 공사를 할 때도 가림막을 완전하게 설치한다거나 하는 일은 거의 없다. 그래서 문화재 보존과 복원에 온전히 집중하기는 아직은 어렵다고 한다.

아무튼 로마에 머무르던 둘째 날에 나보나 광장을 찾았었는데, 그날은 비바람이 몰아쳐서 광장인지 공터인지 헷갈릴 만큼 사람이 없었다. 분수도 비에 젖어 어찌나 지저분하고 음침해 보이던지! 당연히 광장이라는 건 넓은 실외니까 노점이라든가 거니는 사람이 어느 정도 있어 줘야 분위기가 날 거란 생각에 많이 아쉬웠었다. 로마를 떠나기 전에 '기회가 있다면 다시 이곳에 와봐야지'라고 생각했는데 드디어 시간과 날씨와 동선이 절묘하게 만나는 접점이 생겨서 운 좋게도 다시 찾을 수 있었다.

해가 뉘엿뉘엿 지면서 노란 색감이 돌아 며칠 전보다 훨씬 따스한 느낌이다. 분수도 그때 그 분수가 맞나 싶을 정도로 아기자기하고 예쁘다. 노천에 깔린 테이블에 앉아 뭔가를 홀짝이는 사람들도 많다. 여기저기서 이야기하는 사람들, 잡다한 것을 파는 노점, 로마의 모습을 그린 그림 등이 함께 어우러져 화려하진 않지만 충분히 멋진 풍경을 만들어낸다. "네 머릿속에 이미지로만 있던 광장은 바로 여기다"라고 다들 온 힘을 다해 이야기하는 것 같았다.

한참을 이리저리 둘러보다 넵튠 분수에서 사진을 한 장 찍었다.

젤라토와 아이스크림은 그저 단어만 다른 게 아니라, 상당히 다른 것 같다. 좀 과장해서 이야기하자면 아예 다른 음식이라는 느낌이다. 생산 공정에서부터 시작해서 여러 차이가 있겠지만 가장 큰 차이를 꼽자면 부드러운 아이스크림과는 달리 젤라토는 정말 '쫀쫀하다'는 것이다. 부드러움이라는 느낌에는 개인차가 있을 것 같은데, 내가 느끼기에 아이스크림은 입에 넣으면 '사르르 녹아 없어지는' 느낌이고 젤라토는 '쫄깃거린다' 싶을 정도의 식감이다. 칼로리가 높고 낮고를 떠나서 이 정도 식감의 음식을 한 컵 정도 먹고 나면 은근히 배도 부르다. 젤라토로 한 끼 해결이 가능한 타당한 이유다.

한국에서 널리 알려지기로는 로마의 3대 젤라토가 파씨(G.Fassi), 지올리티(Giolitti), 올드브릿지(Old Bridge)라고 하는데 여행 중에 이 세 군데 중 한 곳도 가보지 못했다. 일부러 피한 건 아니었는데 어찌저찌하다 보니 그렇게 됐다. 말들을 들어보니 일단 어떻게든 알려진 곳들은 비싸기도 비싸고 줄이 어마어마하다고 해 차라리 다행이었다.

대신에 초콜릿으로 유명하다는 Venchi에서, 지나가다가 눈에 띈 Grom에서, 나보나 광장 근처 이름 모를 가게에서, 테르미니 역 근처 카페 직원에게 물어보니 "전 로마를 통틀어 가장 맛있는 젤라토가 산타 마리아 마조레 성당 바로 앞에 있다"고 해서 성당 앞 그 집에서, 숙소 바로 옆 조그만 젤라토 가게에서 등등 되는대로 여기저기서 많이 먹었다. 결론은 어디서 먹어도 다 맛있다는 것. 유명한 집이나 원조에겐 유감이지만 나는 조건 없이 젤라토면 다 좋아하나 보다.

로마에 가기 전에 "바닐라나 초콜릿은 한국에도 널렸으니 한국에 없는 걸 먹어보라"는 조언을 많이 들었었는데 여기 젤라토는 '바닐라가 이렇게 맛있는 거구나'를 근 30년 만에 깨닫게 했다. 캐러멜+초콜릿, 레몬+티라미수+바닐라, 딸기+깨+수박, 화이트초코칩+토로네 등 여러 조합으로 먹어봤는데 맛에 있어서 한 번도 실패한 적이 없었다. 그러니까 최대한 많이 먹는 게 이득이다. 최소한 1일 1 젤라토 정도는 먹어줘야 아쉽지 않다.

하루 종일 돌아다니다 보니 힘이 들어 테이블에 앉기도 싫고 포크 드는 것 조차 귀찮아 숙소 앞 카페로 간단히 요기 거리를 사러 갔다. 이래저래 밀가루는 그만 먹고 싶어서 끼니 대용으로 젤라토와 샐러드와 탄산수를 골랐다. "너 그거 탄산수다, 아시아 사람들 그거 못 먹는다, 정말 그거 살 거니?"라며 옆에 있던 어떤 아저씨가 바지런히 참견해준다. 그렇게 오늘 하루가 또 간다.

• 가게 정보

파씨 Fassi 1880
00185,Via Principe Eugenio, 65,00185 Roma, Italy
http://www.gelateriafassi.com/

지올리티 Giolitti
Via degli Uffici del Vicario, 40,00186 Roma, Italy
http://www.giolitti.it/

올드브릿지 Gelateria Old Bridge
Viale dei Bastioni Di Michelangelo, 5,Roma, Italy
http://gelateriaoldbridge.com/

여행이란 무엇일까? 버스가 데려다주는 대로 실려 다니는 패키지 관광객들도 있고 반대로 방랑자처럼 가이드북 한 권도 없이 돌아다니는 배낭 여행자들도 있다. 굳이 따지자면 나는 그 중간 형태쯤 된다. 가이드가 될만한 자료를 반드시 지참하되 발품을 팔고 돌아다니는 개인 여행자. 필요에 따라 투어 프로그램에 참여하기도 하고 안 하기도 하는, 그리고 잠은 허름하더라도 반드시 개인 욕실이 있는 독방에서 자야 하는 트렁크족.

어디론가 떠나기 전에는 가이드북과 남들의 여행기와 관광청 웹사이트, 각종 블로그, 트립어드바이저, 지도 등을 샅샅이 공부한다. 왜냐하면 난 돈과 시간이 없으니까. 공부 부족으로 돈이나 시간을 낭비하게 되면 반드시 뭔가는 포기해야 한다. 프리랜서나 부모 잘 만난 무직자가 아니고서야 그럴 순 없다. 100만 원짜리 뮤지컬을 예매해뒀는데 극장 위치를 몰라서 이리 뛰고 저리 뛰다 공연을 못 보는 건 바보짓이다. 돈 많고 시간 많은 사람이면 '내일 다시 표 사서 보지 뭐'라고 하겠지만 난 그렇지 못하니까. 그걸로 그 공연을 볼 뻔했던 내 인생 딱 한 번의 기회는 사라지는 거다. 그런 의미에서 사전 공부는 곧 돈이고 시간이다. 그런 준비를 할 수 없다면 차라리 패키지 관광이 낫다고 본다. 버스가 알아서 데려다주고 만약 여행사 과실이 있다면 돈도 물어줄 테니까.

혼자 여행을 다니다 보면 정말 많은 사람들을 만나게 된다. 패키지 관광객과 방랑하는 배낭 여행자 중에 한쪽을 고르라고 하면 나는 전자를 고르겠다. 내가 만났던 전자인 사람들은 우르르 몰려다니면서 시끄럽게 구는 것 빼고는 별 문제가 없었다. 하지만 후자인 사람들은 대부분 특유의 그 과시하는 태도 때문에 그다지 가까이하고 싶지가 않다. 책, 지도는 왜 들고 다니느냐부터 시작해서 자기는 그날그날 발길 닿는 대로 다닌다며 제발 지도 따위는 버리라고 했던 사람들. 하지만 이런 사람들은 대개 자기가 다녀온 곳의 이름조차 모른다. 사진을 찍어달라고 부탁하면 "사진에 담지 말고 마음에 담아야죠"라며 설교를 늘어놓기도 한다. 맛있는 것 좀 드셨냐고 물어보면 "아무 데나 들어가서 먹었죠. 그게 현지인 스타일이잖아요"라며 어깨를 으쓱.

여행은 개인 취향이니까 그런 스타일의 여행도 있을 수 있다. 하지만 내가 이런 사람들이 싫은 이유는 그런 사람들은 나 같은 사람들을 무시하고 얕보기 때문이다. 나는 내가 감명을 받았던 곳의 정확한 이름을 알고 싶고, 그 동네에서 유명한 걸 먹어보고 싶다. 멋진 곳은 사진도 찍어가서 친구들에게 보여주면서 같이 이야기하고 싶다.

사진 말고 마음에 담으라는 말 자체는 좋은 말이다. 하지만 촉발하는 매개체가 없으면 장담하는데 추억은 생각보다 빠른 시일 내 잊혀진다. 그렇기에 어떤 의미에서 '남는 건 사진뿐이다'라는 말은 전혀 틀리지 않는다. 그래서 난 기를 쓰고 그날 느낀 걸 기록하고 사진은 다 정리해서 앨범으로 만들고 있다. 기록벽이라고 해도 어쩔 수 없다.

내 경우에 휴가란 아무것도 안 하거나, 뭔가를 질릴 때까지 실컷 하거나 둘 중의 하나다. 전자는 휴양지에 어울리고 후자는 볼거리 많은 곳에 어울린다. 물론 로마는 후자였다.

하지만 이렇게 볼 것이 많아 신기한 곳, 세상에서 가장 아름다운 곳에 와있어도 결국 사람은 지친다. 어느 순간 '곧 집에 간다!'를 외치고 있다. 떠나오기 전에는 빨리 일상을 떠나고 싶어서 난리였는데 이제는 일상으로 돌아가고 싶어 난리라니. 우리는 모두 집으로 돌아가기 위해 낯선 곳으로 떠나는 것일지도 모른다. "어차피 내려올 건데 뭐 하러 산에 올라가?"가 아니라 내려오기 위해서 올라가는 거라는 말이 더 맞을지도 모른다.

로마에서의 마지막 날, 몸이 물 먹은 솜처럼 무거웠다. 신발은 너덜너덜해졌고 내 발도 마찬가지였다. 이날은 보르게세 미술관(Galleria Borghese)을 예매해뒀는데 일찌감치 근처에 도착해서는 공원에서 샌드위치로 끼니를 해결하고 산책을 하면서 기다렸다. 정해진 시간까지 죄책감 없이 느릿느릿 걷고 심지어 빈둥댔다.

보르게세 미술관은 한국 여행자들에게는 아직 그다지 많이 알려진 곳은 아닌 것 같다. 하지만 사실은 아주 유명한 미술관으로 미리 예매하지 않으면 운이 좋은 게 아니고서는 입장할 수가 없다. 입장시간과 퇴장시간, 한 번에 입장 가능한 인원수를 철저히 제한하기 때문인데, 실제로 내가 간 날부터 3일 뒤까지의 모든 입장권이 매진! 매표소에서 떼를 쓰며 제발 들어가게 해달라는 독일계 학생은 내가 보기에도 불쌍해 보일 정도였는데 매표원은 단호히 "No"를 외치고 있었다.

나폴레옹의 여동생이 시집간 집안이 보르게세 가(Borghese 家)인데 이 집안에서 수집한 컬렉션들이 지금 이곳에서 미술관 형태로 공개되고 있다. 이곳에서는 티치아노(Tiziano Vecellio, 1490경~1576)의 〈종교적 사랑과 세속적 사랑 Profane Love from Sacred and Profane Love〉, 베르니니(Gian Lorenzo Bernini, 1598~1680)의 〈아폴로와 다프네 Apollo and Daphne〉, 〈플루토와 페르세포네 Pluto and Persephone〉, 〈다비드 David〉,

카라바조(Caravaggio, 1573~1610)의 〈바구니를 든 소년 Boy with a Basket of Fruit〉, 카노바(Antonio Canova, 1757~1822)의 〈비너스로 분장한 폴린 보나파르트 Pauline Bonaparte as Venus Victrix〉 등을 아주 여유롭고 한산하게 볼 수 있다.

미술관 건물 자체도 보르게세 가의 별궁으로 사용되던 건물이라 운치가 있고, 복작거리는 로마 시내와는 다르게 널찍한 풀밭을 거닐어야만 미술관으로 올 수가 있어서 요 며칠간 내가 보고 느낀 '관광지로서의 로마'와는 또 다른 느낌이었다. 잔디밭에서 대책 없이 뒹굴며 일광욕하는 사람들을 직접 볼 수 있는 곳이기도 하고. 정신없는 로마의 분위기에 지친 사람들이 찾았으면 좋겠다 싶었던 곳이었다.

고풍스러운 베네토 거리와 명품샵이 즐비한 콘도티 거리를 걸었다.

1. 베네토 거리(Via Vittorio Veneto)

베네토 거리는 꿀벌 분수부터 보르게세 공원의 입구인 핀치아나(Pinciana) 문까지 이어진 언덕배기 길인데, 양쪽으로 가로수가 즐비하며 호텔, 노천 카페와 식당, 각종 외교, 금융 관련 건물들이 늘어서 있었다. 한마디로 세련된 느낌의 거리. 물론 세련에도 여러 종류가 있다. 종종 이곳을 서울의 가로수길과 비교하는 글을 보았는데 내가 느끼기엔 가로수길은 좀 경쾌한 느낌이고 이곳은 좀 더 오래된 세련미가 느껴진다. 단정하게 정제된, 하지만 갑갑하지 않은 느낌.

꿀벌 분수는 베르니니가 만든 것으로 이 분수 아래쪽의 꿀벌 3마리는 베르니니의 최대 후원자였던 바르베리니(Barberini) 가문을 상징한다. 이 꿀벌들은 바티칸 박물관 내부에도 있다.

언덕의 2/3 지점 즈음에는 영화 〈달콤한 인생 La dolce Vita〉으로 유명한 카페 드 파리스(Caffe de Paris)가 위치해있다. 유명한 곳은 이름값을 하기 마련이라 역시나 비싸다. 앉지 않고 커피만 마시고 가면 그럭저럭이겠지만, 이런 곳을 들르면 꼭 앉아봐야 하기 때문에 그 생각을 하면 역시 비싸다. 카페엔 여러 명사들이 다녀간 흔적들과 영화 관련 자료들이 남아 있었다.

2. 콘도티 거리(Via dei Condotti)

콘도티 거리는 명품 쇼핑 거리와 함께 250년 된 커피집 카페 그레코(Caffe Greco)로 유명한 거리다. 명품에는 애당초 큰 관심도 없지만 '아울렛을 가지 않는 한 한국 면세점에서 사는 것과 가격 면에서 큰 장점은 없다'는 말도 많이 들었었기 때문에 더더욱 별 미련 없이 편히 둘러볼 수 있었다. 카페 그레코는 250년 정도 된 아주 오래된 커피집으로, 괴테(Johann Wolfgang von Goethe, 1749~1832), 스탕달(Stendal, 1783~1842) 등의 단골 커피집이었다고 한다. 괴테가 지정석 마냥 즐겨 앉았다는 자리도 그대로 남아있어서 그 자리에 앉아 카푸치노를 마시려는 관광객들로 북적거리는 모습이었다.

마지막 날, 맑음

콘도티 거리 끝까지 나오면 쌍둥이 성당으로 소문난 포폴로 광장 (Piazza del Popolo)이 보인다. 양쪽의 성당 앞에서 똑같은 포즈로 사진을 찍는 사람들이 많았는데 이때는 성당 한쪽이 공사 중이라 그다지 쌍둥이처럼 보이진 않았다.

광장 옆쪽 계단을 통해 언덕을 올라가면 로마 전경이 한눈에 내려다보인다. '숲을 보겠니, 나무를 보겠니'라고 묻는다면 난 둘 다 봐야겠다고 대답하겠다. 로마에서 며칠을 보내며 만났던 건물 하나하나에 감탄하고 유적 하나하나에 감동받았지만 그것들이 통으로 모여있는 풍경 또한 끝내줬다.

마지막 날, 로마는 정말 맑았다.

로마는 뭐든지 느리다는 이유 때문에 좋다. 그건 이 동네 사람들이 느긋해서일 수도 있지만 일단 도시의 시간 자체가 멈춘 것처럼 느껴지기 때문이다. 로마 시대부터 남아있는 각종 유적들은 당연한 거니까 제쳐두고라도 길거리에 서 있는 건물들도 50년, 100년은 기본에, 유명한 카페나 젤라토 집, 식당들도 대부분 100년이 넘는 역사를 자랑한다. 빨리빨리 변하거나 획획 지나가지 않는다. 달려가는 시간 속에서 달라지는 것은 사람들뿐이다.

며칠간의 여행을 하면서 한국에서 오신 노부부를 만났는데, 30년도 훨씬 더 전에, 그러니까 여행 자유화가 되기도 전에 로마에 출장을 오셨었다고 한다. 당시 신혼부부의 모습으로 카페 그레코에서 마주앉아 커피를 마셨었는데 지금도 그 카페가 남아있고 커피 맛도 그대로고, 당신들 옆의 사람도 그대로라는 게 너무 고맙고 감회가 새롭다고 말씀하셔서 내가 다 찡했다.

한국은 사정이 다르다. 고작 몇 년 전일 뿐인데 학교 다닐 때 자주 다녔던 식당들이나 추억이 깃든 카페들은 이미 거의 남아있지 않다. 건물들은 수시로 새로 지어지고 또 헐린다. 뭐가 그렇게 빠른지 모르겠다. 그만큼 한국에서의 시간은 빨리 지나가고 추억은 더 빨리 소진되어 잊혀진다. 헐리는 건물과 쓰레기 처리장으로 실려 가는 간판들처럼 내 젊은 시절도 바스라지는 것 같다.

왜 로마가 좋으냐고 묻는다면 그렇게 대답해야겠다.

로마는 "'첫사랑은 첫사랑으로만 기억해야지, 다시 만난다면 변해버린 모습에 분명히 실망해버리고 만다'는 그런 말이 통하지 않는 곳이기 때문에. 우리가 사랑한 것들이 그대로 남아있는 곳이어서"라고 말이다.

Chapter 2.

두 번째 이탈리아

밀라노-베로나-피렌체-베네치아

작년 이맘때 즈음에는 로마와 남부 쪽을 살짝 돌아봤었는데 이번에는 북부와 중부를 둘러보기로 정했다. 그때는 혼자였지만 이번에는 동행이 생겼다는 점도 달라진 점이다.

이번 여행은 싸움의 연속이었다. 궂은 날씨와 싸워야 했고 계단과도 싸웠으며 짐과의 싸움도 빠지지 않았다. 여기에 휴일, 정확히 말하자면 각종 관광 포인트들의 휴무일과도 싸워야 해 고난이 이만저만이 아니었다. 5월 답지 않게 이탈리아엔 물폭탄이 떨궈진 것처럼 비가 왔으며 하루에 계단을 1,500개씩은 오르내려야 했고, 도시와 도시 사이를 기차로 이동하느라 캐리어를 들고 열심히 뛰어야 했다. 무엇보다 큰 문제는 노동절. 노동절에 밀라노의 상점들은 물론이고 미술관, 심지어 성당까지 싹 다 문을 닫는다는 소식을 듣고, 그 날 밀라노에서 아무것도 할 수 없을 사태가 우려되어 무리하게 전날 밤에 한국에서 출발해야 했던 점도 어려운 점이었다. 일요일에는 피렌체의 두오모에 오를 수 없으며 월요일에는 우피치 미술관이 닫는다고 하여 어쩔 수 없이 밀라노에서 베로나에 들렀다가 피렌체를 구경하고 나서 베네치아로 이동하도록 동선을 짜야만 했다. 비효율적인 걸 알면서도 동쪽과 서쪽을 지그재그로 왔다 갔다 할 수밖에 없었다. 이 와중에 동행인과 별문제 없이 사이좋게 지낸 게 대단할 지경이었다.

'왜 나는 날씨가 좋은 계절에 여유롭게 휴가를 갈 수 없는가!'하는 내 처지의 설움을 물씬 느끼며 시작된 휴가는 이런저런 고생으로 이어졌고 마지막까지도 녹록지 않았다. 하지만 회사원이 된 이래로 이렇게 길게 여행을 가본 건 처음이라 그것만으로도 꽤 만족스러운 시간들이었다. 이렇게 길게 공식적으로 떠나온 게 얼마 만인가. 그래 봤자 5박 7일이긴 하지만.

지난 1년은 잔혹하다 싶을 만큼 길고 또 지리멸렬했고, 사실은 훨씬 그 이전부터 일명 리프레셔, 요즘 말로 하자면 힐링이 필요한 나날들이 이어져 왔었기 때문에 지금의 기억이 부디 '약발이 오래가는 리프레쉬'가 될 수 있기를 간절히 바라며 두 번째 이탈리아 여행 이야기를 시작해본다.

　　한때 엄청나게 유행했었던《냉정과 열정 사이》. 내가 학생일 때만
해도 책 좀 읽는다 하는 애들은 모두 이 책을 옆구리에 끼고 다녔을
정도로 인기였다. 그 이야기는 서로를 잊지 못한 아오이와 쥰세이가
피렌체의 두오모에서 재회하는 이야기지만 그런 되먹지 않은 옛사랑
보다는 피렌체가, 그리고 피렌체보다는 아오이 편에 그려진 밀라노의
모습들이 더욱 기억에 남아버린, 약간은 희한한 이야기였다. 이 이야
기에서 실컷 담아놓은 축축한 비 냄새와 흙 냄새, 싸늘한 공기, 눅눅
함, 부슬비가 내리는 겨울의 풍경 같은 밀라노의 이미지는 만나보기

도 전에 그 도시의 인상이 되어버렸다. 그리고 내 상상 속에서 그랬던 것처럼 이날도 으슬한 공기를 품은 밀라노에는 줄곧 비가 내렸다.

옷이 젖는 게 문제가 아니라 이러다 카메라나 핸드폰이 고장 나는 게 아닐까, 미끌거리는 대리석 바닥에 철떡 넘어지는 게 아닐까 염려될 정도로 비가 제법 내렸다. 하지만 별 재간이 없어 비를 쫄딱 맞고 두오모 지붕에 올랐고 역시나 흠뻑 젖은 시내를 내려다보았다. "밀라노에서 딱 하루를 보내는데 이렇게 비가 장대같이 올 게 뭐야"라고 하자 언제 네가 밀라노에서 또 비를 맞아보겠냐고 말해준 사람들도 있었다. 하지만 더 이상 그렇게는 생각하지 않기로 했다. 내가 원하면 언제든지 다시 올 수 있고 다시 볼 수 있다고. 내가 원하기만 하면 할수 있다고 생각하기로 했다. 그렇지 않다면, 만약 세상의 모든 기회가단 한 번뿐이라면 이미 지나간 것들을 다 어쩔 것인가. 그것들을 되돌릴 기회조차 없다면 우리의 삶이 너무 가엾다.

지붕 한쪽에서는 수학여행을 온 듯한 어린 애들이 비를 피해 머리를 가리고 소리를 지르며 단체 사진을 찍고 있었다. 한편 수학여행을 가던 한국의 학생들은 물속에 잠겨 전 국민을 우울감과 무력감에 빠지게 만들었고 내게도 어른으로서의 책임감을 느끼게 했다. 대체 그 수많은 꽃들을 다 어쩔 것인가. 너무 갑갑하여 도망치듯 떠나왔건만 지구 반대편에서 결국은 또다시 현실을 생각했다.

계속해서 비가 너무 쏟아지는 바람에 급한 대로 미술관으로 피신하기로 했다. 피렌체의 우피치 미술관에 견줄만하다고 알려져 있는 밀라노의 브레라 미술관. 하지만 우피치 미술관보다는 훨씬 사람이 적어 여유롭게 둘러볼 수 있었다.

각 방마다 말도 안 되게 빽빽이 그림들이 걸려있어 모든 걸 꼼꼼히 둘러본다는 건 나의 병약한 집중력으로는 절대 불가능한 일. 물론 모든 방의 모든 작품을 둘러보긴 했지만 미리 조사한 내용과 입구에서 나누어준 팜플렛을 참고해서 관심 가는 작품들에만 집중력을 차별적으로 투자하는 방법을 썼다.

가장 인상 깊었던 것은 역시나 조반니 벨리니(Giovanni Bellini, 1430경~1516)의 작품들을 모아놓았던 6번 방. 그중에서도 〈피에타 Pieta〉였다. 화면 가까이 놓인 예수의 손과 슬픔이 그대로 드러난 마리아의 표정, 멍하니 입을 벌리고 할 말을 잃은 요한의 모습을 번갈아가며 쳐다보았다. 작년에 바티칸에서 봤던 미켈란젤로의 〈피에타〉가 자연히 생각났다. 미켈란젤로는 마리아의 순결함을 표현하기 위해 아들인 예수보다 마리아를 더욱 젊고 고운 여자로 표현했었다. 그리고 그 무릎에 누워있는 예수의 평안한 얼굴은 마치 편안히 잠에 빠진 듯한 모습. 하지만 조반니의 작품은 전혀 그렇지가 않았다. 그저 사실적인 느낌. 그래서 회화임에도 불구하고 더욱 현실감 있게 보였다. 그림 아래에 적혀있는 멘트는 'HAEC FERE QUUM GEMITUS TURGENTIA LUMINA PROMANT BELLINI POTERAT FLERE IOANNIS OPUS'로 '부어오른 눈이 탄식을 불러일으킬 때 벨리니의 작품은 눈물을 흘릴 것이다'라는 뜻이라고 한다.

그리고 매번 하는 생각이지만 종교란 대체 무엇이길래 그쪽에서 갈라져 나온 작품들은 이토록 사람을 애달프게 하는지! 종교가 없는 사람들도 종교가 주제인 작품들을 만났을 때 이런 비슷한 뭉클함을 느낄런지는 모르겠지만 이런 때만큼은 내가 종교를 가진 사람이라는 것이 다행이라는 생각이 든다.

파리, 뉴욕과 함께 세계 3대 패션의 도시라 불리는 밀라노이기에 정처 없는 산책을 즐기면서 사람들이 어떤 옷을 입고 다니나 힐끔대고 싶었지만, 너무 춥고 비가 하릴없이 오는 바람에 모든 계획은 실패로 돌아갔다. 간간이 다니는 사람들은 나 같은 처지의 이방인이거나, 아니면 되는대로 패딩을 껴입고 있었다. 그나마 몬테나폴레오네(Monte Napoleone) 거리까지 왔을 때 잠시 비가 그치긴 했지만 그래도 거리엔 오가는 사람이 없어 이래저래 길거리 패션 탐방은 불가능한 상황.

대신 길 양쪽으로 쉼 없이 자리 잡은 명품 매장들만이 이곳이 패선의 도시라는 걸 간신히 알려주었다. 작년에 로마에 갔었을 때 명품 거리로 알려진 콘도티 거리에도 가봤었는데 밀라노 쪽이 좀 더 '진짜' 명품거리처럼 느껴졌다. 아마도 로마보다 조금 더 길이 넓고 매장이 크며 사람이 적어(아마도 추운 날씨 때문일 듯하다) 여유로운 분위기였기 때문인 것 같다. 이 길에 있는 에트로(Etro)와 지아니 베르사체(Gianni Versace)는 본점이다. 건너편 길에 있는 돌체 가바나(Dolce Gabbana), 조르지오 아르마니(Giorgio Armani), 미우미우(Miumiu) 역시 본점. 하지만 어차피 내가 살 수 있는 가격대의 물건들이 아니기에 바깥에서 쇼윈도에 진열된 것들을 대강 슥슥 둘러보고는 얼른 근처 카페로 발길을 돌렸다.

그렇게 들어간 카페조차도 엠프리오 아르마니(Emporio Armani)였는데 빨강과 검정을 이용해 심플하게 꾸며놓아 꽤 세련된 인상을 주었다. 지나치게 왁자지껄하지도 않고 그렇다고 또 너무 부담스럽게 조용한 건 아닌 적당히 차분한 분위기. 물론 저렴하게 커피를 마시려면 바에서 서서 마셔야 하고 엉덩이를 대는 순간 커피값이 2~3배로 뛴다는 걸 알고는 있었지만, 폭탄같이 내리는 비에 너무 지쳐버린지라 어쩔 수 없이 의자를 택했다. 우유 거품과 초콜릿으로 토핑된 아르마니 커피를 한잔 마셨다. 딱히 이 집이 이탈리아에서 커피를 가장 맛있게 낸다는 집은 아니지만, 이탈리아에 온 이상 커피 맛이야 말해 뭐해 싶다. 대충 아무 카페나 들어가도, 그 집이 설령 커피를 발로 내리는 집이라고 할지언정 다들 기본 이상은 하는 것 같다.

에스프레소 맛을 보는 순간, 그리고 직원이 집어 던지는 것과 휙 날리는 것의 중간 정도 형태로 거스름돈을 주는 걸 본 순간 진짜로 내가 이탈리아에 다시 왔구나. 꼭 1년 만에 다시 왔구나 싶어져 감개가 무량했다.

• 카페 정보

Emporio Armani Caffe
Piazzetta Croce Rossa, 2, 20121 Milano, Italy

한국엔 붕어빵, 밀라노엔 판체로티

궂은 날씨에도 가게 앞엔 줄을 선 사람들과 여기저기 주저앉아 판체로티(Panzerotti) 삼매경에 빠진 사람들로 가득했다. 이 집은 피자와 군만두의 중간 정도 되는 듯한 판체로티를 아주 맛있게 낸다고 하여 '판체로티 맛집'으로 알려진 루이니(Luini)라는 집이다. 판체로티는 도우라고 해야 할지 빵이라고 해야 할지 모르겠지만, 아무튼 그 안에 토핑을 넣고 튀긴 음식인데 튀긴 음식이 어떻게 그런 깔끔한 맛을 낼 수 있는지 의아할 정도로 엄청나게 담백하고 깔끔한 맛이었다. 안의 토핑에 따라 여러 종류의 판체로티가 있는데 우리는 모짜렐라 치즈와 토마토가 함께 들은 것과 시금치가 들은 것으로 골라서 하나씩 먹었다.

한국의 만두를 생각해보면 속을 만들 때 온갖 재료가 다 들어가는데 이쪽은 한 개의 판체로티 안에 여러 재료가 들어간 건 아니어서 맛이 약간 심심한 듯도 했다. 어쩌면 그렇기 때문에 더욱 깔끔하고 부담 없는 맛을 내는 것 같기도 한데 사실 빵 자체도 맛있어서 안에 뭐가 들어있지 않아도 충분히 맛있게 먹을 수 있을 것도 같다.

으슬거리는 날 생각나는 따끈한 간식. 한국에서 그런 요깃거리가 붕어빵이라면 밀라노에서는 판체로티인 것 같다. 이런 뻔한 표현을 그다지 좋아하진 않지만 굳이 말하자면 '겨울의 소울푸드' 같은 거 말이다.

• 가게 정보

Panzerotti Luini
Via Santa Radegonda, 16, 20121 Milano, Italy
http://www.luini.it/

크다, 압도당했다, 밀라노 두오모

　지하철을 타고 두오모 역 바깥으로 빠져나와 마주한 두오모는 "와, 크다"
하는 소리가 절로 나올 정도로 컸다. 그런데 그 '크다'는 느낌은 단순히 성
당의 규모에서만 뿜어져 나오는 건 아니었고 뭔가 설명하기 힘든 분위기
가 있었달까? 나중에 다시 생각해보니 하얀 대리석으로 된 아주 아주 화려
하고 웅장한 건물이 탁 트인 광장에 떡 하니 놓여져 있는 걸 보고서 내가
느꼈던 '크다'라는 느낌은 아마 '압도당했다'라고 표현하는 게 더 정확할지
도 모르겠다. 이 성당은 밀라노의 상징이자 고딕양식으로 지어진 성당 중
세계에서 가장 큰 규모라고 한다. 그 어떤 의미를 가진 건축물이건 간에 레

120 이탈리아, 그 곳 9인

벨이 이쯤 되면 결국은 본연의 종교적인 의미를 갖고 찾아온 사람들보다는 뜨내기들이 많을 수밖에 없다. 그리고 이곳은 영리하게도 그 점을 아주 잘 활용하고 있었다.

대부분의 성당은 내부에서 사진 촬영이 금지이지만 당연히 많은 사람들은 몰래(라고 본인들은 생각할지 모르지만 사실은 대놓고) 사진을 찍으려 하고 관리인들은 그걸 감독하느라 정신이 없는 분위기인데 이곳은 아예 쿨하게 사진 촬영을 허용한다. 다만 사진 촬영을 하려면 입구에서 2유로짜리 티켓을 추가로 구매해야 한다. 촬영 티켓을 구매하게 되면 띠 같은 것을 카메라에 붙여주는데 형광색으로 아주 눈에 잘 띄는 표시여서 '나는 나의 촬영을 위해 돈을 냈음'을 알리며 당당하게 수백 장 사진 촬영이 가능하다.

성당 내부는 바깥에서 본 것만큼이나 넓었다. 실제 넓이보다도 더욱 웅장해 보였는데 아마 내부에 꺾임이 없이 뻥 뚫려 있어서 그런 것 같다. 수백 개의 첨탑과 수천 개의 조각상으로 꾸며진 지붕이 야외 조각 전시장의 느낌이었다면 내부는 화려한 스테인드글라스와 엄청나게 높은 천장 때문에 한층 더 엄숙한 느낌이었다.

성당 정면의 청동문에는 예수가 태형을 당하는 부조가 새겨져 있는데 이 부조가 행운을 가져다준다고 하여 사람들이 어찌나 만져댔는지 이 부분만 닳아서 노랗게 색이 바랬다. 하지만 이런 게 있으면 당연히 만져봐야 하니 우리도 만져보았다. 맨들맨들. 누군가 "밀라노 두오모 어땠어?"라고 묻는다면 "시작은 압도감이었으나 그 끝은 맨들맨들이었노라"라고 대답해야겠다.

여행이란 누군가와 함께 다니는 것도 좋고 혼자 다니는 것도 좋지만 혼자 다닐 때 안 좋은 점을 딱 한 개만 꼽으라고 하면 난 먹는 문제를 꼽겠다. 번듯한 식당에 들어가 혼자서 식사를 하기에는 내가 유달리 부끄러움을 많이 타는 인간이라 매번 포장음식을 싸들고 숙소 방 구석에서 티비를 보며 때우게 된다는 식의 문제는 전혀 아니고 순전히 이건 내 위장의 크기 문제다.

더 간단히 이야기하자면 3개 메뉴를 주문해서 둘이 같이 나눠 먹을 수는 있지만 혼자서 2개를 먹기는 힘들다는 말이다. 난 피자도 먹고 싶고 파스타도 먹고 싶은데 한꺼번에 혼자 어떻게 그걸 다 먹을 수 있겠나. 더구나 이쪽 동네는 한 접시가 한국의 한 접시보다도 곱절로 크니까. 먹는데 별 욕심이 없다면야 아쉬움이 없을지도 모르지만 난 조금씩, 여러 종류의 음식을 먹고 싶은 사람이라 혼자 다니면 이런 점이 영 아쉽다. 그렇기에 이번 여정은 누군가와 매끼를 'Share'하며 누릴 수 있다는 점이 큰 기쁨이었다. 더군다나 이곳은 뭘 먹어도 만족스러운, 미리 맛집을 검색할 필요도 없는 이탈리아가 아닌가!

커다란 만두를 닮은 깔조네 피자는 이젠 한국에도 제법 많이 보이지만 '여기가 본토니까'라는 의미를 부여해 한번 먹어보기로 했다. 하지만 "너희 한 개 가지고 share할거니?"라고 해서 그렇다고 했더니 주방에서부터 큰 칼로 싹둑 썰어서 가져다준 배려 덕에 온전한 만두의 형체는 볼 수 없었다.

항상 하는 고민이지만 이런 류는 어떻게 먹어야 할지 잘 모르겠다. 손대기 전엔 먹음직스럽고 오동통한 것이 참 예쁜데 썰다 보면 다 뭉개지는 스타일이라 결국 고상하게 먹는 것은 포기하고 넝마조각으로 만들어 먹었다. 그렇게 두 번째 이탈리아에서의 첫 번째 저녁이 지나간다.

어차피 대부분의 시간을 바깥에서 보내니까 숙소에는 그다지 크게 투자하지 않는 편이다. 하지만 노동절을 맞아 대부분의 사람들이 시외로 빠져나간 터라 평소 비싼 물가로 알아주는 밀라노의 숙박비가 도리어 싸졌다. 이럴 때는 두 가지 선택지가 나온다.

1. 기왕 돈 아끼는 김에 왕창 아끼자. 수용 가능할 수준 안의 가장 허름한 호텔에서 자자.

2. 돈 쓰는 김에 조금만 더 돈을 써서 평소에 그 값으로는 절대 못 묵을 수준의 호텔에서 자자.

밤샘 비행과 환승 때문에 녹초가 될 게 눈에 보였던지라 우리는 2안을 선택. 미켈란젤로 호텔(Hotel Michelangelo)은 유럽 호텔답지 않게 객실과 욕실이 널찍하고 대리석과 원목으로 꾸며져 있어 무척이나 깔끔했다. 무엇보다 마음에 들었던 건 호텔의 조식.

보통 유럽의 호텔들은 조식이 허술하기 짝이 없다. 물가 탓도 있지마는 이 사람들이 아침에 더운 음식을 잘 먹지 않기에 빵과 커피, 요거트와 차가운 햄 몇 장이 전부인 곳이 많은 것. 흔히 연상되는 스크램블 에그나 베이컨 구이, 따뜻한 감자가 나오는 곳은 미국식 호텔로 유럽식 호텔과는 차이가 있다. 그래서 유럽의 호텔에 묵을 때는 '조식 포함/불포함'에 크게 연연할 필요가 없지만, 이곳의 조식은 입이 딱 벌어질 정도였다. 저녁 식사라도 해도 손색이 없을 수준.

프로슈토와 살라미 외엔 정확한 이름도 알지 못하는 생햄류만 해도 10여 가지 종류가 있고, 쿠키와 간식류는 양껏 가져갈 수 있으며 과일도 다양하고 따뜻한 요리도 제법 준비되어있었다. 직접 테이블로 직원이 가져다주는 카푸치노 맛도 수준급. 그리고 한쪽에 주서기가 마련되어있어 내가 직접 오렌지를 넣어 생오렌지 주스를 바로바로 뽑아 마실 수도 있었다. 물도 깔끔하게 밀봉된 병으로 제공한다. 보통은 뷔페에 음식이 한 양동이여도 손이 가는 건 몇 개뿐인데 여기는 음식도 다들 깔끔하고 맛있어서 아침부터 본의 아니게 거대한 식사를 해버렸다.

이런 스타일의 식사가 정통 이탈리아식 아침 식사는 당연히 아니지만, 가격대비 효용이랄까, 어쩔 수 없이 늘 '본전'을 따지게 되는 우리에게는 대만족을 줬다. 먹는 게 남는 거라는 말만 믿고 이때는 정말 열심히 먹어댔다. 하지만 즐거운 마음으로 먹고 싶은 걸 신나게 먹고 그만큼 실컷 움직이는, 그런 기본적인 생활이 이토록 멀리 떠나와야만 가능하다는 건 조금 슬픈 얘기이기도 하다.

• 호텔 정보

Hotel Michelangelo
Piazza Luigi di Savoia, 6,20124 Milano, Italy
http://michelangelohotelmilan.com/

노동절엔 유럽 전체가 셔터를 내린다. 그런 분위기는 '도시'일수록 더한데 밀라노 역시 마찬가지. 한국이든 어디든 역시 도시 사람들이 더 일상을 탈출하고 싶어하는 것을 보면 사람 사는 데는 다 똑같나 보다 싶다가도 '아니 도대체 이런 데 살면서 왜?'라는 생각을 하지 않을 수가 없다. 불편함 없이 살 수 있을 만큼 제법 도시로서 정비되어있고, 그만큼 많은 것들을 갖추고 있는 밀라노. 그래서 도리어 별 특색이 없는 느낌이기도 하지만 "일상탈출!"을 외치며 미련없이 등지기엔 너무 아름답고 우아한 곳이다. 아무튼 노동절을 맞아 밀라노의 각종 상점들은 물론이고 두오모와 박물관, 미술관까지 싹 다 쉰다고 하여 시내에서는 할 수 있는 게 없어진 셈이다. 사람들마저 썰물처럼 빠져나간 도시에서 하릴없이 빈둥거리는 대신 우리도 근교로 나가보았다.

밀라노 중앙역에서 기차로 두어 시간이면 베로나에 갈 수 있다. 가는 동안은 괴테의 《이탈리아 여행기》를 읽었다. 괴테가 쓰는 글은 본래부터 참지 못할 정도로 지루하다는 걸 알고 있었지만, 심지어 여행기마저 그럴 줄이야. 어느새 나에게 괴테란 '마음을 부여잡고 수양하는 자세'로 꾹 참고 읽어야만 하는 작가가 됐다. 세상엔 수도 없이 많은 책이 있고 내 삶은 짧은데 굳이 이렇게 억지로 이 책을 읽어야 하나 싶은 생각도 들긴 하지만 대문호이기 이전에 나보다 먼저 이탈리아를 여행한 누군가의 견문록을 본다는 마음으로 받아들이기로 했다. 그래도 체류하면서 있었던 일들과 감상을 일기, 편지 등의 형식으로 자유로이 적고, 한 달 간격으로 유달리 기억에 남은 사건만을 적는 등의 기술 방식은 제법 신선했다. 커피를 한잔 마시면서 지루함과 사투를 벌이다 보니 어느새 베로나에 도착했다.

참고로 괴테가 베로나에 대해 표현한 부분은 아래와 같다.

이곳 사람들은 매우 활기차게 움직인다. 특히 크고 작은 상점들이 늘어서 있는 몇몇 거리에서 그들은 아주 명랑해 보인다... 거리마다 말보로의 가요가 울려 퍼지고 심벌즈와 바이올린의 선율이 뒤따른다. 온갖 새들의 울음을 휘파람으로 흉내 내는 사람도 있다. 기이하기 짝이 없는 음조들이 도처에서 들려온다. 이처럼 온화한 기후는 가난한 사람들에게도 삶의 여유를 준다.

　새것과 옛것이 혼재되어있지만 그래도 조금 더 새것 느낌이 나는 밀라노에 비해 베로나는 정말로 중세의 분위기를 고스란히 갖고 있는 동네였다. 노동절임에도 불구하고 관광지여서 그런지 시내버스가 휴업하는 것 외엔 닫은 곳도 없고 밀라노에서 빠져나온 사람들이 다 이쪽으로 온 것인지 사람들로 바글바글했다. 다행히 이날은 날씨도 아주 좋았다. 이번 여행에 동행한 분은 유럽이 처음인 분이었는데 성벽에 둘러싸인 아기자기한 분위기와 오래된 돌바닥, 좁은 골목골목이 딱 봐도 유럽 분위기가 물씬 난다며 이 동네를 몹시 마음에 들어 했다.

우리가 생각하는 전형적인 유럽의 풍경. 모든 사람들의 상상 속에 있는 바로 그 모습이 베로나의 모습이다. 하지만 그 말은 뒤집어 말하면, 어디선가 본 것 같은 곳이라는 말이기도 하다. 어쩌면 유달리 새롭지는 않은 풍경일지도 모른다.

하지만 그렇다고 베로나를 유럽의 어지간한 동네, 그저 그런 오래된 도시 정도로 폄하하자니 영 찜찜하다. 도시는 생각보다 컸고 그 와중에 새로운 것들로 가득 차 있었으며 발 디딜 틈 없이 많은 사람들로 붐볐다. 한 단어로 표현하자면 '완벽한 유럽'. 이날이 노동절로 휴일이었기에 더 그랬는지도 모르지만, 전반적으로 평을 해보자면 이날의 베로나는 제법 유쾌한 도시였다.

기차역에 내려서 20분 정도 걸으면 시계가 달린 성문이 있고, 그 성문 안에서부터 본격적인 베로나 구경을 시작할 수 있다. 특이하게도 성문 안쪽과 바깥쪽 분위기가 마치 타임슬립이라도 외친 것처럼 상당히 달랐는데 성문 안쪽에 위치한 이곳의 이름은 브라 광장(Piazza Bra). 광장의 가장자리를 빙 둘러싼 수많은 카페와 식당들은 약속이라도 한 듯 모두 테이블을 한껏 끌어내어 두었고 지나가는 사람들과 앉아있는 사람들은 서로를 구경하며 마주 보고 웃고 있었다. 분수의 물방울은 반짝거리고 나무와 풀들은 싱그러웠다. 어제의 폭우는 온데간데없고 따뜻하다 못해 더운 듯한 날씨. 여기에 위상을 뽐내는 영웅의 동상까지 만나고 나니 갑자기 서울역에 내린 시골 쥐들처럼 주위를 두리번거리느라 우리의 걸음이 느려지기 시작했다. 왠지 빠른 걸음이 용납되지 않을 것만 같은 그런 풍경이었다. 그런 풍경 속에서 수많은 사람들이 모두 느릿느릿 대고 있었다.

베로나라는 도시 자체의 느릿한 분위기도 물론 좋지만 그래도 베로나 하면 가장 유명한 건 오페라 축제일 것 같다. 여름이 되면 두 달간 베로나의 아레나 원형 경기장에서 각종 오페라가 상연되고 이를 감상하기 위해 수많은 사람들이 몰려 잠잘 곳이 없을 정도라고 하니 그 위엄은 대단한 듯하다. 순수히 오페라를 감상하기 위해서 일부러 찾아오는 사람도 있을 테고, 여름이라는 건 원래 휴가시즌이니까 지나는 김에 일정이 맞아 겸사겸사 들르는 사람도 있겠지만 그건 중요한 게 아니고 그 사람들이 몰리는 곳이 바로 이 아레나라는 점이 더 중요할 것 같다.

2,000여 년 전에 지어진 원형 경기장은 여기에만 있는 건 아니고 로마에도 콜로세움이라는 게 있으니까 별로 특별한 건 아닐지도 모르지만, 경기장의 내부에 들어가 본 건 처음이라 또다시 새로웠다(콜로세움에 찾아간 날엔 역시나 너무 비가 와서 내부 입장은 포기했었다). 오랜 세월을 버틴 건축물치고 보존상태가 무척 좋은 것도 놀라웠는데 심지어 2,000년 전에 지어진 주제에 작은 소리도 구석 자리까지 잘 전달되도록 설계되어있어 지금도 특별한 음향 장비 없이 오페라 공연이 가능하다고 하니 새삼 놀라울 따름이다. 당장 다음 달부터 오페라 축제가 시작이라 그런지 내부엔 뭔지 모를 준비작업이 한창이었는데 이것이야말로 뻔한 표현이지만 '옛것과 새것의 조화'가 아닐까 하는 생각을 해보았다.

　　+ 아레나 입장권을 사기 위한 줄도, 표를 산 후 입장하기 위한 줄도 꽤 길었는데 베로나 카드가 있으면 앞으로 가서 보여주고 바로 입장이 가능하다.

　이날 베로나라는 곳 자체가 전체적으로 붐비는 감은 있었지만 역시 가장 많은 사람이 몰린 곳은 줄리엣의 집이었다. 여기서 말하는 줄리엣은 《로미오와 줄리엣》에 나오는 그 줄리엣이다. 사실 이 집이 정말로 줄리엣 가문이 살았던 집이라는 증거는 전혀 없고 그저 베로나 시에서 일방적으로 지정한 것이라고 하는데 그런 정통성은 이미 의미가 없어진 지 오래인 것 같다. 수많은 사람들이 절반쯤은 진심으로, 절반쯤은 재미로 이 집에 들락거리며 벽이란 벽마다 사랑의 메시지를 남기고 자물쇠를 걸고 껌을 붙여놓은 통에 집은 사랑의 언어로 난리통이 되어있었다.

그리고 마당에 있는 줄리엣 상의 왼쪽 가슴을 만지면 사랑이 이루어진다고 하여 그 왼쪽 가슴은 엄청나게 닳아있기도 했다. 도대체 그놈의 사랑이 뭐길래!

뻔하디뻔한 사랑 얘기, 심지어 1500년대에 쓰여진《로미오와 줄리엣》이 지금까지 읽히고 수도 없이 영화화되고 연극화되는 이유가 대체 뭘까? 그러니까 좀 더 광범위하게 생각해보자면 고전의 가치란 뭘까 싶은 거다. '오랜 시간과 세대를 거쳐 살아남은 작품은 어느 정도 검증이 된 거다'라는 믿음 때문일까? 시대를 초월할 수 있는 일종의 본질을 표현했기 때문일까? 하지만 다른 고전은 논외로 하더라도《로미오와 줄리엣》의 경우에는 지고지순하고 운명적인 사랑이라는 게 아직은 남아 있을 거라 믿는 사람들이 있기 때문이 아닐까 싶다. 정말로 그런 게 의미 없는 세상이 된다면 이런 메타포는 더 이상 팔리지 않을 테니까.

+ 이 집은《로미오와 줄리엣》에서 로미오가 사랑의 세레나데를 부른 발코니와 마당이 있는 집이기도 하면서 영화 〈레터스 투 줄리엣 Letters To Juliet〉의 배경이 된 곳이기도 하다. 〈레터스 투 줄리엣〉은 줄리엣의 집을 둘러보던 아만다 사이프리드가 벽돌 틈 사이에 숨겨져 있던 50년 전의 연애편지를 발견하고 그 편지에 답장을 하게 되면서 50년 전의 그 연인들을 찾아 나서게 되는 이야기로 줄거리는 딱 그 정도지만 보는 내내 아만다 사이프리드의 미모에 감탄함과 동시에 '와! 저런 곳이 있다니!'하는 나름의 충격을 줬던 영화이기도 했다. 그 영화 속에서 그려진 베로나의 모습과 토스카나 지방의 모습이 너무나 예뻐 무작정 가보고 싶다고 생각했던 기억이 난다.

줄리엣의 집에서 아주 조금만 걸으면 바로 보이는 에르베 광장 (Piazza delle Erbe)은 줄리엣의 집만큼이나 수많은 사람들로 북적거리는 곳이었다. '에르베'는 약초라는 뜻으로 예전에는 이곳에서 약초시장이 열렸다고 하는데 지금은 관광객을 위한 기념품과 먹을거리를 파는 시장으로 변해있었다.

에르베 광장에서 문 하나만 통과하면 또 다른 광장이 나오는데 이곳은 시뇨리 광장(Piazza del Signori)이라고 한다. 에르베 광장이 큼지막

하고 북적북적했다면 이쪽은 문 하나 상관인데도 아담하고 그럭저럭 차분하여 조용한 편이었다. 이쪽에 있는 높이 84미터의 람베르티 탑(Torre dei Lamberti)에 오르면 베로나 시내를 한눈에 조망할 수 있다고 하여 이 탑에 오르기로 했다. 이곳에는 다행히도 엘리베이터가 있었다.

학생 시절에 배낭여행을 했을 때 프라하 성에 올라 프라하 시내를 내려다보았던 적이 있다. 그 시절 시내는 온통 빨간 지붕으로 가득했었다. 그때는 그런 모습을 태어나서 처음 봤던지라 엄청나게 놀랐었는데 사실 이제는 그때만큼 놀라운 기분은 아니다. 무엇이든 가장 처음처럼 감동을 받을 수야 당연히 없을 테고 그 뒤로 비슷한 풍경을 몇 번 봤으니까 어쩔 수 없겠지 하고 합리화를 해보았다. 하지만 놀람이라는 감정이 줄어든 대신 이제는 그만큼 다른 것들이 더 보이게 되었다.

예전에는 눈에 보이는 것 위주의 '예쁘고 고풍스럽네' 하는 1차원적인 감상이 주였다면 이제는 겉에서 느껴지는 그런 분위기보다도 그 안에서 사는 사람들의 사연이 궁금해졌다. 사방을 가득 채운 빨간 지붕의 집들. 셀 수도 없이 많은 집에 달린 더 많은 창문을 보며 저 창문들마다 다들 나름의 이야기를 갖고 있겠구나, 내가 만약 이야기를 눈으로 볼 수 있다면, 일종의 음표 같은 거로 볼 수 있다면 이곳의 공기는 음표들로 가득하겠구나, 색깔로 볼 수 있다면 모든 게 색색깔로 방울져서 그 방울들이 데굴데굴 굴러다니고 있겠구나 하고 생각했다. 그렇게 조금씩 남들의 이야기가 궁금해졌다.

　베로나에서 커피 맛이라면 제일이기로 소문났다고 하는 카페 투비
노(Caffe Tubino). 다른 곳은 다 못 가본다고 해도 이곳만큼은 꼭 가보
리라 작정을 했기에 책에 동그라미도 쳐놓고 미리 검색해서 위치까
지 알아왔는데 아무리 그 주변을 뒤져봐도 그런 카페가 없었다. 완전
한 혼돈 상태가 되어 블로그 검색을 해보니 얼마 전에 카페 보르사리
(Caffe Borsari)로 이름을 변경했다고 한다. 블로거들은 모르는 게 없는
모양이다.

    좁은 카페 내부는 몰려드는 사람만으로도 복잡한데 심지어 잡동사니들도 가득했다. 정신없는 듯하면서도 나름의 질서를 갖추고 정리되어있어 경외감이 느껴질 정도였는데 이건 정말이지 어수선하면서도 정돈이 되어있는, 오묘한 분위기였다. 남이 보기엔 우주의 탄생만큼이나 어지럽지만 나는 어떤 물건이 어디 있는지 눈감고도 찾을 수 있는 서울의 내 방 같은 느낌이다. 공간은 좁고 물건은 많기에 무엇을 어디에 어떻게 수납해야 할지 매일 궁리하고 틈만 나면 들었다 났다 이리저리 시도해보지만 결국은 늘 그게 그거인 내 방. 내 방만 그런 상태인 것은 아니라고 믿는다. 누군가의 방이란 원래 다 그런 거겠지?

    바에 서서 샤케라토를 마셨다.

• 카페 정보

Caffe Borsari
Corso Porta Borsari, 15d,37121 Verona VR, Italy

세상에 없어진 것들이 얼마나 많을지 상상도 할 수 없지만 남아있는 것도 제법 많기에 우리는 없어진 것들을 그리워하면서도 한편으로는 남아있는 것들을 어루만지며 살아간다.

베로나에서도 수많은 것들이 생겼다 사라졌다 했겠지만 아직까지 1100년대에 지은 두오모가 남아있고 그 두오모 내부엔 1530~1540년대에 그려진 티치아노(Tiziano Vecellio, 1490경~1576)의 〈성모 마리아의 승천 Assumption of the Virgin〉이 너무나 멀쩡한 모습으로 남아있다.

돔의 프레스코화는 그림이라기보다는 조각인 것처럼 양감이 살아 있어 한참을 올려다봤다.

마음속에 단단하게 버티는 것들을 갖고 있으면 조금은 덜 외롭다. 하지만 가고 싶은 곳, 하고 싶은 일, 보고 싶은 사람으로 가득 찬 삶은 조금은 외롭다. 그리움이라는 게 뭔지도 몰랐던 시절에는 그리운 게 있는 척, 그리고 그게 미치도록 그리운 척 오래도록 앉아 먼 곳을 바라봤는데 이제는 그리운 게 없는 척, 그런 게 뭔지도 모르는 척 그렇게 살아간다.

이탈리아로 떠나오기 직전, 우연히 스티븐슨(Robert Louis Stevenson, 1850-1894)의 《당나귀와 떠난 여행》을 읽었다. 스티븐슨 본인이 '모데스틴'이라는 이름의 당나귀와 함께 가톨릭과 프로테스탄트 분쟁의 중심지였던 프랑스 남부 지역을 여행하며 겪은 일들에 대한 이야기였다. 혼자 하는 도보여행, 그것도 코스는 순례길. 이야기 자체는 당연히 지루하지만 중간중간 당나귀 때문에 겪은 웃지 못할 사건들이 끼어 있어 지루한 듯하면서도 그럭저럭 재미있게 읽혔다. 이 이야기는 '여행기'라는 장르를 새로이 개척했다고 평가받는 작품인데 출간 당시에 어찌나 인기가 많았던지 수많은 사람들이 당나귀를 끌고 이 여행을 그대로 따라 했을 정도라고 한다.

이 이야기엔 당나귀에 대해 이런 구절들이 나온다.

말은 동물 가운데 멋스러운 여인과 같아서 경솔하고 소심하며 식성이 까다롭고 건강을 해치기가 쉽다. 말은 지나치게 귀중한 데다가 혼자 놔둘 수가 없을 만큼 침착하지 못해 오히려 노예선의 주인이 옆에 있는 노예한테 묶이듯이 자기 짐승한테 매이게 된다. 뿐만 아니라 말은 위험한 길에서는 제정신을 잃기도 한다. 한마디로 말해, 말은 안심하기 힘들고 바라는 바가 많은 동반자가 되어, 여행자의 걱정거리를 30배는 늘어나게 만든다. 내가 원하는 건 싸고 작고 강건하고, 좀 둔하더라도 평화로운 기질을 지닌 것인데, 이 모든 요구사항에 딱 들어맞는 게 나귀였다.

(중략)

나는 사자처럼 으르렁거리고, 어린 비둘기처럼 부드럽게 재재거려보기도 했지만 모데스틴은 어떠한 위협이나 부드러움에도 꼬떡도 하지 않았다. 그녀는 고집스레 자기 속도를 유지했다. 그녀를 움직일 수 있는 것은 회초리밖에 없었는데, 그것의 효력도 단지 일 초 동안이 전부였다. 나는 그녀의 뒤꿈치를 따라가면서 끊임없이 매질을 해야 했다. 이 수치스런 노동을 잠깐이라도 멈추면 그녀는 다시 자신의 독보적인 걸음걸이로 되돌아갔다.

그나마 바로 얼마 전에 이런 이야기를 읽었으니까 '당나귀'라고 했을 때 '탈 것'이라는 생각이라도 드는 것일 거다. 당연히 난 당나귀를 타본 적도 없고 동물원이 아닌 곳에서는 본 적도 없다. 먹을 것으로 생각해본 적은 더더욱 없는데 베로나의 당나귀고기가 알아준다는 말을 듣고 그렇다면 한번 먹어볼까 하여 당나귀고기에 도전하게 됐다.

스테이크나 바베큐로 먹었다면 뭐가 어떻게 다른지 확실히 느꼈을지도 모르겠지만 다 양념이 되어있어서 이게 당나귀고기만의 특징인지 조리법 또는 양념의 특징인지 잘은 모르겠다. 아무튼 옥수수죽 위에 올라간 당나귀고기는 우리 식으로 표현하면 꼭 '장조림'의 맛이었다. 소고기보다는 촉촉하고 부드러운 느낌인데 그 촉촉함의 이유가 기름보다는 수분 때문인 것 같은 느낌이 들었다. 양고기처럼 특유의 냄새가 있는 것 같지도 않아 고기의 정체를 알든 모르든 거부감 없이 잘 먹을 수 있을 무난한 맛이었다.

식당은 관광객이 많이 몰리는 장소에서 제법 떨어진 골목길 안쪽에 위치해있었고 영어로 된 친절한 메뉴판 같은 것도 없었지만 분위기는 여유롭고 아주 좋았다. 한두 블록만 들어와도 이렇게 한가하고 조용하다니. 내 삶도 바로 모퉁이만 돌면 이토록 뭔가가 많이 달라질 수도 있는 걸까? 삶이란 알다가도 모를 일이다.

• 식당 정보

Hostaria Vecchia Fontanina Verona
Piazzetta Chiavica, 5,37121 Verona VR, Italy

노동절의 영향을 받지 않은 것 같은 베로나이긴 했지만 그래도 기차역과 시가지 사이를 오가는 시내버스만큼은 휴무였기 때문에 예상했던 것보다는 훨씬 많이 걸어야 했다. 기차역과 시가지 사이는 1.5km 정도로 제법 되는 거리였다. 게다가 베로나 시가지 안에서도 온종일 실컷 걸었으니 피렌체로 가는 기차 안에서는 완전히 지쳐버렸는데 잠을 자기엔 왠지 좀 불안해서 녹초가 된 몸으로 간신히 책을 폈다. 피렌체라고 하면 역시나 《냉정과 열정 사이》. 대단한 이야기는 아니어도 일본 여행 상품 중에는 책에 나온 곳들을 순서대로 돌아보는 내용의 상품까지 있을 정도라고 하니 마치 피렌체의 낭만에 관한 한 필독서가 된 느낌이다. 좀 더 정확히 이야기하자면 《냉정과 열정 사이》 두 권 중 Blue가 피렌체에 대한 이야기이고 Rosso는 피렌체라기보다는 밀라노에 대한 이야기인데 밀라노에 가는 사람들이 이 책을 읽는 것 같진 않다. "너의 30살 생일에 피렌체의 두오모에서 만나"라는 말 때문에 피렌체만 사람들의 기억에 남은 걸지도 모른다.

기차는 2시간여를 달려 피렌체에 도착했다. 우울한 날씨와 어둑해진 시간에 마주한 피렌체는 낭만적이라기보다는 울적했고, 운치가 있다기보다는 칙칙해 보였다. 날씨 탓인지 그게 아니면 시간 탓인지 그것도 아니라면 여기는 원래 이렇게 생겨먹은 곳인지 살펴볼 겨를도 없이 골목 안쪽 호텔로 직행, 짐가방을 집어 던지고 드러누웠다. 오늘 아침에 밀라노에서 출발하여 베로나에 들렀다가 밤에는 피렌체에 왔다. 피곤하지 않은 것이 이상하지만 배가 고프니까 일단 씻고 나서 저녁을 먹으러 나가야겠다.

냉정과 열정 사이, 그리고 첫인상

요약하자면《냉정과 열정 사이》는 한때 열렬히 사랑했던 연인이 헤어졌다가 여자의 서른 살 생일에 피렌체의 두오모에서 재회하는 이야기다. 하지만 이건 뒤집어 말하면 불쌍한 인간들의 이야기이기도 하다. 지금의 자신을 열정적으로 사랑해주는 메미를 가졌으면서도 아오이를 떨치지 못하는 쥰세이와 자신을 보석처럼 아껴주는 마빈의 사랑을 받으면서도 절대 마음을 열지 못하는 아오이는 분명 불쌍한 인간들이다. 좀 더 가혹하게 말하면 이들은 새로운 애인을 가질 자격이 없는 사람들이다. 하지만 관대함을 십분 발휘하여 이들이 자격 미달이고 뻔뻔한 인간들이라기보다는 그저 불쌍하고 나약한 인간들일 뿐이라고 치자. 아무튼 그런 불쌍한 인간들의 이야기에서 배경이 되는 피렌체가 예쁘고 반짝반짝할 리가 없다고 계속 생각해왔고 그 느낌은 어느 정도 맞아떨어졌다.

피렌체라는 동네에 대한 첫인상은 썩 좋지 않았다. 피렌체에 도착한 밤부터 비가 조금씩 내리더니 다음 날 아침엔 비가 제법 내렸고, 오후엔 앞이 안 보일 정도로 비가 쏟아졌다. 하지만 그 느낌은 단순히 날씨가 주는 것만은 아니었다. 눈에 보이는 것만 보고 말하자면, 이렇게 우중충하고 칙칙한 작은 동네에서 르네상스가 시작되었다는 게 어이가 없을 정도였다. 하지만 이틀을 이곳에서 보내면서 말미쯤에는 그런 생각이 완전히 사라졌다. 도리어 '뭐 이렇게 까도 까도 새로운 매력이 계속 보이는 양파 같은 동네가 다 있나' 싶었고 보고 느낄 게 너무 많아 날씨 좋은 날에 여유로운 일정으로 다시 한 번 와야겠다는 결심까지 하며 황망히 베네치아행 기차에 타야 했다.

아무튼 아침에 제정신을 차리고 처음으로 마주한 것은 침울한 하늘과 베키오 궁전, 로지아 데 란치(Loggia dei Lanzi)의 15개 조각상과 다비드상. 하지만 조각들은 모두 가짜이다. 사실 가짜라기보단 진품은 박물관에 들어가 있으니, 그것들의 복제품이라고 해야 더 정확한 표현일 수도 있겠다.

 지도를 펼쳐 놓고 최적의 동선대로 일정을 짰다면 밀라노에서 베로나로, 그다음엔 베네치아로, 마지막을 피렌체로 했을 거다. 하지만 그렇게 하면 일요일과 월요일을 피렌체에서 쓰게 되는데 일요일에는 두오모에 오를 수 없고 월요일에는 우피치 미술관이 쉰다고 해서 요일 관계상 베네치아보다 피렌체로 먼저 와야만 했다. 그렇게 비효율적으로 동쪽과 서쪽을 왔다 갔다 하면서까지 꼭 들르고 싶었던 곳 중의 하나인 우피치 미술관. 이렇게 우중충하고 칙칙한 작은 동네에서 르네상스가 시작되었다는 게 어이가 없을 정도라고 느꼈던 인상은 우피치 미술관을 둘러본

뒤 완전히 깨졌다.

우피치 미술관에 전시되는 작품은 모두 메디치(Medici) 가문의 소장품인데 한 가문의 것이라고 하기엔 작품 수가 아주 방대했다. 물론 그건 그 시절 그 가문의 위세에 대한 증명일터. 사람도 많고 작품도 많고 여러 여건상 모든 작품을 꼼꼼히 뜯어본다는 건 불가능한 일이다. 이런 때 필요한 것은 역시나 선택과 집중!

서울의 사무실에 처박혀있을 때는 조용한 미술관에서 여유롭게 느릿느릿 종일 그림만 보고 싶다는 생각을 곧잘 하는데 막상 그걸 실행에 옮기고 보면 너무 지치고 다리가 아파서 언제 끝나나, 뭐 이렇게 작품이 많나, 출구가 어딘가 하며 녹초가 되어버린다. 결국 전시 후반부쯤에선 제대로 보지도 못하고 슥슥 지나치기 마련이니 나란 인간은 간사해도 너무 간사하다. '결국 니가 정말로 바라는 것 따위는 없고 그저 지금 여기만 아니면 된다는 거니?'라고 다그친다고 해도 딱히 변명할 의지도 없는 그런 류의 인간인 셈이다. 아니나 다를까 우피치 미술관에서도 수많은 관람객에 치이고 수많은 작품의 홍수 속을 헤집고 다니느라 완전히 지쳐버렸는데 정말 인내심을 십분 발휘하여 꾹 참고 관람을 마쳤다. 말로만 듣던 이런 유명한 작품들 앞에서조차 옆 사람이 날 밀치는 것과 내 다리 아픈 것이 더 먼저가 되다니 그건 내가 그다지 비범한 인간은 못 된다는 증거일지도 모른다. 비범한 인간은커녕 소시민 정도 되겠다. 유토피아가 뭔지도 모르면서 그저 지금 내가 발 디디고 있는 '여기'에서만 달아나고 싶은, 그런 소시민 말이다.

미술관 내에서는 사진 촬영이 불가능하며 대신 미술관 창문 바깥은 촬영이 가능하다. 창문 너머로 보이는 베키오 다리(Ponte Vecchio). 비가 어찌나 왔던지 물이 아주 흙탕물이 됐다.

언제부턴가 '말로만 듣고 책으로만 보던 작품을 직접 내 눈으로 본다'라는 감회만으로는 내가 미술관에 가는 이유를 설명해주지 못하게 되었다. 어딘가를 갈 때마다 그곳의 미술관은 꼭 들르는 편이니 어쩌면 미술관을 너무 많이 다녀서이려나. 어쩌면 예전보다 감수성이 닳아버린 것인지도 모른다. 아무튼 이날은 엄청난 대작들 앞에서도 다소 심드렁한 태도가 되어 '색감은 좀 다르지만 그래도 책에서 보던 것과 비슷하군, 요즘은 인쇄술이 좋아져서'를 운운 하기를 두어 시간, 드디어 보티첼리(Sandro Botticelli, 1445~1510)의 〈봄 La Primavera〉을 만났다.

워낙 유명한 작품이니 그다지 새로울 것도 없으련만 눈에 들어온 것은 비너스나 큐피드가 아니라, 검은 배경 속에 깨알같이 그려진 다양한 꽃들이었다. 작기도 작고 어두운 배경 색에 눌려 잘 보이지도 않지만 보티첼리는 꿋꿋하게 배경 가득 들꽃을 그려 넣었다. 작품 코앞에서 들여다봐야만 볼 수 있는 흐릿하고 작은 들꽃들. 심지어 비슷하게 생긴 꽃은 한 개도 없는 엄청난 정성. 책에 인쇄된 것으로나 모니터로는 절대 또렷이 보이지 않았던 꽃들이었다. 이런 것을 직접 확인하기 위해서 이리도 많은 사람들이 북적거림을 무릅쓰고 미술관에 몰려오는 건가 싶다가도 그 사람은 왜 잘 보이지도 않는 것들에까지 굳이 이렇게 공을 들였을까 하는 생각이 들었다. 하지만 사실 한 번만 더 생각해보면 세상에는 엄연히 존재하지만 보이지 않는 것들, 혹은 내가 보지 못하는 것들이 얼마나 많은가. 이건 산소는 눈에 보이지 않지만 불을 붙여보면 잘 타니까 증명할 수 있어, 신은 보이지 않지만 우리 마음속에 계셔 같은 차원의 문제가 아니다. 그보다는 멀리 있어 잘 보이지 않는다고 해서 우주에 별이 없겠는가 하는 느낌에 더 가깝다.

내색하지 않는다고 해서 그 사람이라고 그리움이 없겠는가. 그럴 리는 없지 않은가. 그렇게 생각하니 모든 게 무색해졌다.

　1. 카페 질리(Caffe Gilli)는 1733년에 문을 연 곳이니 어느덧 280년이 넘어간다. 하지만 지난 세월만으로 이 집을 꼽을 수는 없다. 물론 피렌체에서 가장 오래된 카페라고는 하지만 이탈리아라는 나라에서 그 정도 세월을 겪은 가게는 꽤 많기 때문이다.

　2. 이탈리아의 카페에선 바에 기대어 서서 저렴하게 마실 수도 있고 자리에 앉아 돈을 좀 더 주고 마실 수도 있다. 지난 세월 동안 이걸 '자릿세'라고 생각해왔더니 이탈리아에서 오래도록 살아오신 어떤 분

이 하시는 말씀. '이탈리아 물가를 생각해봐, 자릿세가 있는 게 아니고 서서 먹으면 할인해주는 거야. 자릿세가 있다고 생각하지 말고 서서 먹으면 싸게 준다고 생각해봐.'

3. 할인이고 뭐고 간에 쏟아지는 비에 완전히 지쳐버렸기 때문에 테이블 자리에 앉았다. 5월 답지 않게 을씨년스러운 게 꼭 겨울 날씨 다. 따뜻한 커피가 생각나길래 풍성한 거품으로 가득한 라테 마키야 토로 추위를 달래보았다.

• 카페 정보

Caffe Gilli
Via Roma, 1/red,50123 Firenze, Italy

　하루에도 몇 건씩이나 '귀여움 주의'라며 한 주먹도 안되어 보이는 강
아지들이 바둥대며 귀여움 떠는 동영상이 여기저기 올라오건만 강아지
가 아닌 정말 '개'의 모습을 찾아보기는 생각보다 쉽지 않다. 개 중에서도
노령견은 더더욱. 동물이고 사람이고 일단은 어려야 파릇하고 귀여운 건
사실이고 많은 사람들이 원하는 이미지일수록 더 외부에 노출이 많이 되
니까 수염과 털이 허예지고 눈과 귀가 멀고 이빨이 빠지고 느릿느릿 미
적대는 늙은 개의 모습은 작심하고 찾지 않으면 보기가 어렵다. 사실은
태어남이 있으면 분명 노화와 그에 이어지는 죽음이 있으니까 어린 강아

지들이 있는 만큼 늙음을 고스란히 짊어진 개들도 있을 텐데 말이다.

내가 길렀던 개는 강아지에서 성견이 되고 더 지나 노령견이 되었고 3년쯤 전에 비로소 늙어서 죽었다. 늙어서 죽었다는 건 좀 애매한 얘기고 원래 있던 병과 떨어진 체력 때문에 더 이상 버티지 못했다고 해야 맞는데 그럼에도 불구하고 우리 집에선 아무도 그 개를 안락사 시킬 생각을 하지 못했다. 말미에는 수의사가 안락사를 권유하기도 했었지만 어떻게 되든 하루라도 더 같이 살고 싶다는 생각에 거부. 그렇게 안락사를 거절하고 일주일이 채 못되어 그 개는 스스로 죽었다.

13년가량을 함께 살을 맞대고 살았던 개의 죽음. 그건 분명히 가족이자 친구의 죽음이었고, 우리 가족은 다시 다른 강아지를 데려올 때까지도 우울감과 상실감에서 벗어나지 못했다. 그런 우리를 보고 꽤 많은 사람들은 유난 떤다고 표현했다. 한 생명을 지키려고 애를 쓰고, 헤어짐 때문에 슬퍼하는 모습이 유난 떠는 것으로 보인다면 딱히 더 할 말은 없지만, 그때는 쉽게 쉽게 말하는 사람들이 참으로 폭력적이라고 생각했다. 그 후에 데려온 새로운 강아지도 이제는 성견이 되었으니 그만큼의 시간이 지난 것이지만 아직도 늙은 개를 보면 마음 한쪽이 저릿하다. 시간이 아무리 지난다 한들 아무렇지 않아진다는 것은 있을 수 없는 일이다. 상실감과 슬픔이라는 것은 절대 학습될 수가 없다. 적어도 나란 인간에게는 그렇다.

여기까지는 피렌체의 가죽장갑 상점에서 주둥이가 희끗희끗해진 닥스훈트를 보고 들었던 생각들.

1. e북의 활성화와 함께 종이책의 종말을 운운했던 게 벌써 10년도 더 전이다. 분명 출판업계가 요즘 어렵긴 하지만 그건 e북 때문은 아닌 것 같다. 내가 보기에 e북은 종이책과는 또 다르게 독자적인 시장을 구축한 것처럼 보인다. 한편 이메일과 모바일 메시지 때문에 손편지가 사라질 거라는 말들도 있었는데 그 말은 어느 정도는 맞았지만 어느 정도는 틀렸다. '편지가 당연히 손편지지 손편지가 아닌 편지는 대체 뭐야'라고 생각하던 시절은 분명히 지났지만 대신 지금 시대에 '손'이 붙는 것들은 정성의 대명사로 자리매김했다. 손편지, 손글씨,

손그림 같은 것들 말이다. 쉽게 말하자면 용도가 완전히 분리된 느낌이다.

2. 그리고 나는 아직도 종이류에 집착하고 있다. 배터리가 나가면 절대 읽을 수 없는 e북이나 이메일과 달리 종이는 언제나 소장할 수 있고 만져볼 수 있다는 점이 맘에 든다. 무엇보다 종이에서 나는 냄새와 사각거리는 소리, 펜 끝이 살짝 걸리는 거친 느낌, 그럴 때마다 함께 번지는 잉크 방울 같은 것에 대한 미련을 아직은 버리지 못했다.

3. 이 가게는 피렌체의 전통을 잇는 수공 종이 관련 상품을 취급하는 가게로 다이어리나 수첩 등 여러 가지 종이 제품들을 팔고 있다. 고급스럽고 정성스러워서 선물용으로 참 좋을 것 같지만 그 가치를 알아볼 사람들이 아직도 세상에 많이 남아있을지는 잘 모르겠다.

• 가게 정보

Il Papiro
베키오 다리에서 피티 궁전으로 가는 길에 위치한 매장의 주소는
Via de' Guicciardini, 47,50125 Firenze, Italy
하지만 피렌체에만도 6개의 매장이 있으니 홈페이지를 참조해
가까운 곳으로 방문하는 것이 좋다
http://www.ilpapirofirenze.it/

1. 빵부터 안에 들어가는 소스, 야채, 치즈, 햄 종류까지 모두 직접 골라서 나만의 샌드위치를 만들 수 있는 샌드위치 집 All'Antico Vinaio. 그런 컨셉의 가게는 이제 널렸으니 단순히 그 점 때문에 소문이 난건 물론 아닐 것이다. 결국 본질은 '맛'인데 이 집에서는 어떻게 조합을 해도 실패하지 않기 때문인 것 같다. 하지만 햄류는 2개 이상 섞으면 '신성모독'이라는 말이 있을 정도이니 햄은 한 개만 고르도록 하자. 물론 귀찮으면 직원 마음대로 해달라고 하거나, 이미 만들어진 기성품으로 간단히 사 먹어도 된다.

2. 가랑비가 내리는 궂은 날씨에도 사람들은 가게 바깥까지 길게 줄을 늘어서 있었고 가게 안은 이미 만원. 우산을 폈다 접었다 하며 기다린 끝에 드디어 내 차례가 되고 직원을 마주하니 직원이 "안녕 꼬마!"라며 경쾌하게 외쳐준다. 미리 공부한 대로 주문을 쏟아내니 직원은 흠칫 놀라고 가게 안에 있던 사람들과 뒤에 줄 서 있던 사람들까지 다들 '이 꼬마는 뭐지?'하는 놀라움이 반쯤 섞인 웃음이 터진다. 잘 알아들을 수 없는 말로, 하지만 유쾌한 어감으로 수군수군. 얘네들은 동양인은 일단 어리게 보니까 날 꼬맹이로 본 듯한데 이봐요, 전 서른이 넘었습니다.

3. 나는 포카치아 빵에 구운 애호박과 가지, 페코리노 치즈와 살라미, 트러플 소스로 주문.
같이 가신 분은 뒤에서 몰려드는 사람들 통에 선택장애가 발생하여 제일 인기 많은 기성품으로 주문.

4. 내부에서 먹을 수 있는 자리는 몇 개 없어서 다들 사 들고 나와 근처 길바닥에 앉아서 먹는 분위기라 우리도 그렇게 했는데 너무 맛있게 먹느라 정신이 팔려서 집시가 접근한 것도 몰랐다. 특이하게도 이 집시는 우리 주머니를 노린 게 아니라 우리가 먹던 샌드위치를 정말 완력으로 빼앗아갔다. 심지어 반 정도는 이미 먹었는데!

• 가게 정보

All'Antico Vinaio
Via dei Neri, 74/R,50100 Firenze, Italy
http://www.allanticovinaio.com/

일기예보상에 우산이 그려져 있었으니 이미 예상했던 일이긴 하지만 당황스러울 정도로 비가 많이 왔다. 5월의 이탈리아에서 이렇게까지 비가 오다니 기겁할 정도였는데 스위스에 가있는 친구와 이야기해보니 거기는 그날 아예 눈이 왔다고 하여 유럽이 다 날씨가 이상하구나, 어쩔 수 없구나 싶었다. 작년에는 5월 말인데도 로마에 말도 안 되게 비가 오더니 올해도 역시나다. 하지만 뉴스를 보니 영국도 프랑스도 오스트리아도 크로아티아도 폭우가 내리는 중이었기에 나름의 위로가 되었다.

아무튼 이날의 피렌체는 순간순간 앞이 안 보일 정도로 비가 내렸다. 그 바람에 엉겁결에 단테(Alighieri Dante, 1265~1321)의 집으로 들어섰다. 단테에 별 흥미가 없어 일정을 짤 때는 여기를 갈까 말까 고민하다가 '그날 상황을 봐서 결정하자'라고 했던 곳인데 결국은 비를 피하기 위해 입장하게 되었다.

인류에게 《신곡 La Divina Commedia》을 남긴 단테의 생가. 재현해놓은 침실과 서재를 볼 수 있고 신곡의 내용을 묘사한 그림들이 전시되어있는데 단테나 신곡의 명성에 비해 볼거리는 적었다. 사실 《신곡》 자체만 놓고 생각해보면 인지도와 실제로 그걸 읽은 사람이 이렇게 반비례하기도 쉽지 않을 정도니까 어쩌면 다들 큰 기대 없이 이곳에 들르는 건지도 모르겠다.

'볼 게 많건 적건 간에 비를 피하기 위해 들른 곳이 단테네 집이라니 너무 비현실적이잖아'라는 소감을 남기며 그 집을 나왔다. 하지만 바깥으로 나서니 아직도 비. 비를 피할 제2의 장소가 필요하다.

+ 어느 출판사에서 단테가 한 말이라며 "지옥에서 가장 뜨거운 자리는 정치적 격변기에 중립을 지킨 자들을 위해 예비되어있다. 기권은 중립이 아니다. 암묵적 동조다"라고 올려놓은 게시물을 본 적이 있다. 아마 선거 참여를 독려하고자 게시한 것 같은데 의도는 좋지만 대표적으로 잘못 인용되는 문장을, 심지어 출판사에서 아무 책임의식 없이 게시하는 것은 좀 문제라는 생각이 들었다. 짚고 넘어가자면 해당 문장은《신곡》중 지옥 편의 처참한 모습을 읽은 존 F. 케네디 대통령이 나름대로 해석하여 비유적으로 표현한 문장이다. 심지어 케네디 조차도 "지옥에서 가장 뜨거운 자리는 중대한 도덕적 위기의 시대에 중립을 지킨 자들을 위해 예비되어있다 The hottest places in hell are reserved for those who in times of great moral crisis maintain their neutrality"라고 했지 정치적 격변기니 기권이니 하고 콕 집어 말한 적은 없다. 도덕적 위기의 시대에 중립을 지키며 자리를 보존한 덕분에 사후에 신과 사탄 양쪽에게서 모두 버림받아 어느 쪽에서도 구제받지 못하고 떠돌게 된 사람들에 대한 이야기일 뿐. 고로 단테는 저런 말을 한 적이 없다.

　피렌체에서 가장 높은 곳에 있어 피렌체 전체를 조망할 수 있고 특히나 노을이 질 때 이곳에서 보이는 아르노 강의 풍경이 너무 멋져서, 여행이 끝난 후에도 오래도록 기억에 남아 여행 전체에 대한 추억의 질을 높인다며 소문이 자자했던 미켈란젤로 광장(Piazzale Michelangelo). 좋은 것은 다들 보고 싶은 법이라 그 시간 즈음하여 사람들이 몰려드니 미리 가서 좋은 자리를 잡고 오래도록 그 풍경을 바라보며 팩 와인이라도 하나 마시고 사진도 찍으라고 했건만 이날은 비 때문에 노을의 '노' 자도 볼 수가 없었다.

고된 하루를 마무리하는 시간대라 몸도 마음도 지쳤건만 모든 곳이 물바다라 어디에 앉을 수도 없어서 우산을 들고 서서 잠시 바라본 게 감상의 전부였다. 그 몸을 이끌고 거기까지 갔건만 날은 깜깜한데 축축하고 춥고, 우산도 들어야 하고 가방도 움켜쥐어야 하고 주위에 사람도 얼마 없는 게 잔뜩 신경이 쓰여 빠르게 되돌아오고 말았다. 무엇을 기대했던 건지 모르겠다. 어쩌면 당연한 결과였다. 충분히 예상할 수 있는 내용. 구름 때문에 노을은 볼 수 없고 비 때문에 다 젖어있으니 앉을 수도 없고 춥고 사람도 없을 거라는 것. 하지만 나는 당연한 것도 내 눈으로 보지 못하면 믿지 못하는 의심병 환자여서 어쩔 도리가 없었다.

광장에서 시내로 되돌아오는 버스 안에서 겁도 없이 실컷 잠을 잤다. 그만큼 기진맥진했던 것 같다. 정도의 차이는 있지만 요 몇 년간은 몸이고 마음이고 항상 기진맥진해있다. 몸을 혹사시켜야만 그래도 나는 최선을 다했다고 말이라도 꺼낼 수 있는 그런 시대를 살고 있기 때문이다. 그렇게 교육받았고 그렇게 컸다. 하지만 마음을 혹사시킨 것은? 그럴 때에는 이렇게 하라는 내용은 아무도 알려주지 않았다. 그래서인지 나는 아직도 그럴 때는 어떻게 해야 할지 모른다. 아프니까 청춘이라는 말이 한때 유행했었다. 하지만 난 그냥 아프지 않고 싶다. 그건 비겁한 게 아니라 당연한 거다.

　1. 피렌체는 고기요리가 맛있다고, 그중에서도 티본 스테이크는 꼭 먹어봐야 한다고 하여 티본 스테이크와 필렛을 주문했다. 고기 요리 엔 레드 와인이 어울리니까 와인도 한 병 추가. 그 와중에 너무 고기 만 먹나 싶어서 슬라이스한 아티초크(artichoke)와 리코타 치즈가 들어 간 샐러드도 주문했다. 아티초크는 작년에 로마에 왔을 때도 먹어보 고 싶었지만 결국은 기회가 없어 못 먹었었는데 이번에는 메뉴판에 있길래 냉큼 주문했다. 직접 먹어보니 생긴 건 양파 같지만 맛은 감자 에 가까운 독특한 알뿌리였다.

2. 주인아저씨가 주문을 받으면서 "야채는 안 먹어?"라고 되물어왔다. 그래서 "샐러드 시켰잖아?"라고 했더니 우리 집 야채튀김이 맛있는데, 고기랑도 잘 어울리고, 와인이랑도 좋고 어쩌고 하며 한껏 영업을 하길래 "먹고 싶긴 한데 이미 이것들만 해도 충분히 많을 것 같아서 패스할게요"하고 예의를 차리며 완곡히 거절했다. 생각보다 순순히 알겠다며 사라지더니 잠시 뒤에 야채 이것저것과 호박꽃 튀김을 조금 가져다주면서 "고기랑 같이 먹어봐, 작은 양이니까 돈은 안 받음"이라고 하여 엉겁결에 공짜 튀김도 섭취.

3. 이곳의 티본 스테이크는 '똑같은 고기를 똑같이 굽는 거 아닌가? 그런데 대체 왜?'라는 의문을 품게 하며 '한국의 티본 스테이크와는 절연을 해야겠다, 두 번 다시 먹지 않겠어'라는 생각이 들게 할 정도의 맛이었다. 유명한 건 다 이유가 있는 법이다.

4. 고기와는 별개로 인상적이었던 건 바닥에 깔개용으로 나온 루콜라. 한국에선 워낙 비싼 허브여서 루콜라 피자를 시켜도 잎사귀 한두 개 나오는 곳이 태반인데 마치 횟집에서 무나 우뭇가사리를 쓰듯이 루콜라를 깔개로 쓰는 걸 보고 세상은 요지경이구나 싶었다. 결론은 바닥 깔개까지 다 먹어치웠다는 거. 외국인이 한국의 횟집에 와서 횟감 아래의 무까지 다 먹은 격이다. 필렛에 함께 나온 초록색 통 후추는 처음 본 거였는데 한국에서 보던 검은 통후추와 달리 씹어 먹을 수 있을 정도의 향신료였다.

5. 양이 좀 많은가 싶었지만 어느덧 사라진 음식들. 술이 있으면 평소보다 많이 먹게 되는 것 같다. 물론 고된 날씨 때문에 생고생을 해 몹시 허기가 졌던 것도 사실이니 오늘도 합리화 성공이다.

• 식당 정보

Ristorante Il Pennello
Via Dante Alighieri, 4/r,50122 Firenze, Italy
http://www.ristoranteilpennello.it/

피렌체의 두오모와 조토의 종탑에 오르다

《냉정과 열정 사이》는 접어둔다고 쳐도 두오모는 피렌체의 상징이라 다들 오르는 곳이고, 두오모의 쿠폴라를 제대로 보려면 종탑에 올라야 한다고 해서 고민하다 결국 둘 다 오르기로 했다.

1. 두오모

이날은 비가 미친 듯이 오지는 않았지만 계속 오락가락하는 날씨였다. 정확히 말하자면 줄을 서 있는 동안에는 비가 계속 왔고, 빙글빙글 돌아가며 힘차게 계단을 오를 때는 어땠는지 모르겠고, 쿠폴라 꼭대기에 도착했을 때는 흐리긴 했지만 비는 그쳐 있었다. 아무튼 이날이 아니면 두오모에 오를 수가 없으니 비가 더 쏟아지지 않길 바라며 불안 반 걱정 반으로 두오모를 찾았던 기억이 난다. 입장이 가능한 시간이 8시 반부터였던 것 같은데 한 30분 정도 일찍 갔음에도 불구하고 이미 어느 정도는 사람들이 줄을 서 있었다.

밀라노에서는 돈을 더 주면 엘리베이터를 타고 편하게 올라갈 수 있었지만 여긴 내가 백만금을 준다고 해도 내 발로 걸어 올라가야만 하는 곳이다. 계단은 463개. 똑같은 방법으로 내려와야 하니까 도합 926개. 《냉정과 열정 사이》의 주인공들이 왜 이토록 수고스러운 곳을 약속의 장소로 정했는지는 도무지 모르겠지만, 어렵게 오른 쿠폴라에서 바라보는 피렌체의 전경은 당연히 아름다웠다. 하지만 나중에 생각해보니 두오모에서 보이는 풍경보다는 종탑에서 바라본 풍경이 더 멋졌던 것 같다. 성당 내부에는 바사리(Giorgio Vasari, 1511~1574)가 그린 〈최후의 심판 The Last Judgement〉이 있어 본격적으로 가파르고 좁은 계단을 오르기 전에 마음을 다잡으며 감상할 수 있다.

2. 조토의 종탑

당연히 쿠폴라에 올라서는 쿠폴라를 볼 수 없으니까 쿠폴라를 제대로 보려면 조토의 종탑에 올라야 한다. 종탑을 오를 때도 줄을 서긴 섰는데 쿠폴라에 비해 유명세에선 밀려서인지 훨씬 빨리 줄이 줄어드는 기분이었다. 직접 올라보니 층마다 머무르며 쉴 수 있을 정도로 널찍한 공간이 있어 사람이 분산될 수 있어서 그랬던 것 같다.

역시나 엘리베이터 같은 건 없는 동네라 두 발로 걸어서든 네 발로 기어서든, 어떻게든 종탑에 오르면 시내 전경을 볼 수 있는데 바로 옆에 있는 쿠폴라에 올라서 보는 것과 당연히 차이는 없다. 다만 이 종탑의 매력은 쿠폴라에 비해 사람이 조금 적고, 거대한 쿠폴라를 정면에서 실컷 바라볼 수 있다는 것. 미켈란젤로가 바티칸 성 베드로 대성당의 쿠폴라 설계 의뢰를 받고 "피렌체의 쿠폴라보다 크게는 지어줄 수 있지만 더 아름답게는 못한다"라고 했다는 일화가 전해지는데 그 만큼 거대하고 우아한 쿠폴라를 눈에 가득 담을 수 있다는 점만 해도 이 종탑은 본연의 역할을 다 하고 있는 거다.

종탑의 높이는 쿠폴라보다 6m가량 낮다고 하는데 그래도 계단은 414개. 역시나 올라갔으면 내려와야 하니까 828개. 연달아 쿠폴라와 종탑에 오르락내리락하고 나니 허리를 펼 수가 없을 지경이 되어 마치 오스트랄로피테쿠스처럼 허리를 구부린 채 목을 쭉 빼고 어설프게 걷는 모습이 되었다. 옆에서는 독일 노인 단체 관광객들이 그런 우리를 보고 웃었다. 그 모습을 보니 '노인들도 다들 오르는 곳인데…' 싶어 새삼 우리의 저질 체력에 부끄러움이 느껴졌는데 그래도 '한꺼번에 두 개 오르는 건 쉽지 않으니까!'하는 재빠른 합리화로 계단과의 싸움을 마무리했다.

　"피렌체에서 어디가 가장 좋았어?"라는 질문에 콕 집어 대답하기는 어렵지만 산 로렌초 성당(Basilica di San Lorenzo)이 엄청나게 인상적이었다는 것만은 확실하다. 일단 성당 앞면이 너무 밋밋해서 당황스러웠는데 그건 미완성으로 남아서 그렇다고. 하지만 인상적이었다는 게 그것 때문은 아니고 사실 성당보다는 도서관 때문이었다. 성당 옆에 붙어있는 이곳은 미켈란젤로가 설계한 라우렌치아나 도서관(Biblioteca Medicea Laurenziana)으로 내부는 밝고 깔끔한데 입구 쪽 계단은 시커멓고 형태도 물이 흘러내리는 듯 뒤죽박죽이라 언발란스해보였다. 알고 보니 어둠으로 비유되는 무지의 상태에서 벗어나 밝음으로 비유되는 앎으로 가기 위해서는 부지런히 계단을 밟고 도서관으로 들어서야 한다는 깊은 뜻이 있다고 한다.

도서관이라… 독서실은 혼자 조용히 공부하는 곳이고 도서관은 빽빽한 서가 사이에서 책을 꺼내와 읽는 곳이라고 생각했는데 요즘은 도서관조차도 독서실의 연장선상으로 사용되는 것 같다. 다만 독서실 같은 갑갑한 칸막이가 없다는 게 차이점이려나.

물론 예전처럼 책이라는 게 많이 읽히는 시대는 아닐지도 모른다. 한가하게 앉아 책이나 읽기엔 세상은 너무 빨리 변하고 우리가 해야 할 게 많은 것도 사실이다. 서점에 가보면 차고 넘치는 건 영어교재와 취업 관련 서적, 그리고 20대엔 뭐해라, 30대엔 뭐해라, 40대엔 뭐해라 하는 책들이다. 하지만 그렇게 남이 이래라저래라 하는 대로 쉽게 쉽게 풀릴 만큼 어느 하루라도 그렇게 만만한 날이 있었나? "당신은 다 살아봤으니까 그렇게 말할 수 있을지 몰라도 지금 그 시간을 관통하고 있는 사람들은 결코 쉽지 않습니다"라고 말해봐야 무용하다. 그런데도 그런 책들이 아직까지 줄줄이 팔리는 것이 몹시 수상하다. 물론 나도 쩔쩔매고 있지만 아무리 그래도 인생은 셀프가 아니던가?

그나마 도서관에서도 그런 책들만 대출된다. 고전은 더 이상 읽히지 않고 문학은 팔리지 않는다. 예전에 도서관에서 일할 때만 해도 그 정도는 아니었는데. 그때보다 지금이 먹고 살기 더 힘들어진 것은 사실이니 누구를 탓하겠느냐마는 '문학이나 고전은 거들떠보지도 않고 늘 그렇고 그런 책만 읽는 당신의 취향은 저속하고 유치해, 속물 같아'라고 마음대로 내뱉을 수도 없는 노릇이다. 개개인의 취향은 마땅히 존중받아야 하니까.

다만 그런 책을 옆구리에 끼고 눈 밑이 시커메져 지나가는 어린애들을 보면 '네 인생도 만만치 않구나' 하는 생각이 드는 건 어쩔 수 없다. 개인적인 취향을 빌어 말하자면, 내 눈에는 문학을 끼고 다니는 사람이 더 멋있어 보인다. 그래서 내 꿈 중 하나가 집에 고전문학 전집을 주르륵 사놓는 것이기도 하다. 그러려면 집이 커야겠지. 이번 생에는 어려울 것 같다.

 '피렌체' 하면 역시나 가죽시장. 산 로렌초 성당 근처부터 쭉 노점
과 상점들이 이어져 있다. 노점에서 파는 것보다야 당연히 상점에서
파는 게 품질도 좋고 모양도 예쁜데 그만큼 가격이 올라가니까 중간
정도 지점에서 잘 절충을 해야 한다. 사실 상점에서 사는 것들도 못살
만큼 비싼 건 아니다. 한 상점에서 마음에 드는 파란 가방을 발견했는
데 기차로 계속 이동을 해야 하는 처지라 신주단지 모시듯 들고 다닐
자신이 없어서 포기할 수밖에 없었다. 막 굴려도 되는 것들 위주로 노
점 쪽에서 잘 골라 흥정을 하기로 했다.

가죽에 조예가 깊은 사람이라면 물건의 홍수 속에서 훨씬 좋은 것을 골라낼 수 있겠지만 안타깝게도 나에겐 그런 안목이 부족하다 보니 의심병이 생길 지경이 됐다. 파는 사람들도 그런 의심 정도는 익숙하다는 듯이 "이거 비닐 아니야?"라고 했을 때 선뜻 냄새를 맡게 해줬는데 가죽 냄새가 물씬 나긴 했다. "하지만 요즘엔 가죽향 스프레이도 있잖아"라는 말로 계속 의심하니까 라이터로 불을 붙여서 안 탄다는 걸 직접 보여주기도 했다. 많은 사람들을 상대해서 그런지 다들 장사 수완이 보통이 아니다. 난 사실 제대로 진열되어있지 않은 곳에서 뭔가 찾아내는 데에는 소질이 없다. 세일코너 매대 같은 곳에 산더미 같이 쌓여있는 물건들 사이에서 보석을 찾아내는 일은 정말 못한다. 그런 곳에 비해서는 이쪽은 노점임에도 불구하고 훨씬 깔끔히 진열되어 있긴 해서 다행이었다. 하지만 흥정은 더 못하는데 고작 내가 하는 흥정이라곤 "2개 살 테니까 깎아줘!" 정도다. 하여간 떠먹여 주지 않으면 먹질 못한다. 취향이니까 존중해달라고 말은 매번 하면서도 "그럼 어디 한번 네 취향대로 골라봐"라고 하면 정작 아무것도 하지 못하는 멍청이라니. 좀 더 나이 먹고 좀 더 뻔뻔해지면 그런 것들도 잘하게 되려나 문득 궁금해진다.

성당 자체보다 성당 옆에 딸린 약국 때문에 더 알아주는 피렌체의 산타 마리아 노벨라 성당(Basilica di Santa Maria Novella). 약국은 꼭 이곳이 아니어도 밀라노, 로마, 베네치아에도 지점이 있지만 아무래도 본점이니까 사람들이 가장 많고 규모도 크다. 한국인들이 어찌나 많은지 작년에 로마 매장으로 갔을 때는 "고현정 크림?"이라며 점원이 말을 걸더니 이쪽엔 아예 한국인 점원이 있다.

이탈리아답지 않게 매장은 체계적으로 정돈되어 카드를 찍고 상품을 담으면 나중에 계산대에서 한꺼번에 계산하고 물건도 계산대 아래에서 꺼내주는 식으로 운영하고 있었다. 체계적이 됐다는 건 동네 구멍가게에서 하듯이 주먹구구식으로 운영해서는 안 되는 이유가 있다는 뜻이다. 그만큼 사람들이 엄청나게 들락거리며 사간다는 뜻이기도 할 터. 덕분에 현지에서는 상품 가격이 계속 오르고 있다고 들었다. 일명 고현정 크림이라 불리는 수분크림은 내가 샀을 때만 해도 50유로였는데 최근에는 55유로가 됐다고. 하지만 이게 신비의 묘약 같은 물질은 당연히 아니라서 그 값을 주면서까지 사야 하는 물건인지에는 다소 회의감이 든다.

하지만 약국만 재빨리 들르고 되돌아가자니 성당이 몹시 예쁘다. 유럽을 돌다 보면 어느 도시를 가든 꼭 성당을 보게 되는데 처음에는 "우와 멋지다"를 연발하지만 하도 많이 보게 되니까 나중엔 이게 이거 같고 저게 저거 같아 구분도 하지 못하겠고 다 비슷비슷해 보여서 '그냥 그렇네'하는 마음이 된다. 건축양식은 이러저러한 게 다르고 지어진 시대가 다르고 예술적인 면에서는 그러저러한 게 다르니까 비슷하다는 건 말이 안 된다고 구구절절 따지면서 정색하고 싶진 않다. 중요한 건 이것. 눈에 불을 켜고 집중하여 특이점을 찾아내려고 애쓰지 않아도 산타 마리아 노벨라 성당은 깨끗하고 예쁘다는 것이다. 예쁜 애들은 가만히 있어도 절로 표가 나는 법이다.

• 약국 정보

Santa Maria Novella 약국
Via della Scala, 16,50123 Firenze, Italy
http://www.smnovella.com/

솔직한 맛

하루에 3시간 정도, 점심 시간에만 잠시 영업하는 가게. 그나마 일요일은 휴무. 그걸로 밥벌이가 되나? 그럴 거면 장사를 왜 하나? 싶기도 하지만 이른 점심 시간부터 손님으로 가득 차고 가게 셔터를 내릴 때까지도 바깥엔 줄이 쫙 늘어서는 식당에 들렀다.

가게 분위기상 천상의 맛이야! 싶은 맛은 아니지만 작고 소박한 가게에 꼭 어울리는 맛이었다. 화려하지 않고 자극적이지 않은, 그저 담백한 게 매력이다. 한국식으로 표현하자면 요즘 인기인 '집밥'같은 느낌이다. 어쩌다 한번, 큰마음 먹고 큰돈을 써서 격식 차리고 먹는 정찬도 좋지만 대강대강 나눠 먹고 입맛대로 편하게 먹어도 되는 이런 곳도 좋다.

영어 메뉴 같은 건 당연히 없고 심지어 그날의 상황에 따라 메뉴가 계속 바뀌기 때문에 대충 종이에 휘갈겨 쓴 걸 메뉴라고 주는데 알아보기도 힘들고, 때에 따라 메뉴에 쓰여있지 않은 것도 재료가 있으면 만들어주는 것 같다. 옆 테이블에서 먹는 걸 보고 "저 사람들이랑 같은 거로 주세요"하고 간신히 주문해서 3접시를 먹었는데 다 만족스러웠다. 해산물 튀김과 라구소스 파스타, 그리고 봉골레 파스타. 굳이 멋부리려고 애쓰지 않은 솔직한 맛. 하지만 이런 맛일수록 질리지 않고 부담이 없다. 먹는 사람의 마음을 편안하게 할 수 있는 음식, 당연한 건데도 그렇게 음식을 하는 집은 잘 없다.

요즘도 가끔 저 맛들이 생각난다. 특히나 가식적인 언사들에 질린 날에 더욱 그렇다.

• 식당 정보

Trattoria Toscana Gozzi Sergio
Piazza di San Lorenzo, 8R,50123 Firenze, Italy

1. 어젯밤에 베네치아로 넘어왔다. 동서를 오가는 기차도 이제는 마지막. 고된 이동을 마치고 한 자루의 젖은 걸레가 되어 베네치아의 산타 루치아(Santa Lucia) 역 바깥으로 나왔을 때의 그 놀라움이란! 역 바깥으로 나오자마자 바로 바다다. "운치 있다, 멋져"보다는 "헉!"하는 소리가 먼저 나왔다. 늦은 밤에 간신히 역 바깥으로 빠져나왔을 때 가장 먼저 보이는 게 물이라니 이런 곳은 처음이다.

2. 언제 그랬냐는 듯이 날씨도 개었다. 안 그래도 물로 가득 찬 도시

에 비까지 잔뜩 내렸다면, 게다가 그 짐을 들고 숙소까지 이동해야 했다면 생각도 하기 싫은 상황이 될 뻔했는데 참 다행이었다. 여행 일정이 길수록 내내 좋기만 할 수는 없을 텐데 나는 만약 선택할 수 있다면 고생을 먼저하고 결말을 좋음으로 하겠다. 역으로 했다간 그 여행은 그저 영원히 안 좋은 기억으로 남을 것만 같다. 이건 극복하는 재미라든가 조삼모사의 이야기가 아니라 인간의 본성에 관한 문제다. 생각보다 인간은 간사해서 지난 일은 싸그리 잘도 잊는다. 끝이 좋으면 다 좋다는 것도 결국은 그런 말이라고 생각한다. 덕분에 밀라노와 피렌체에서 비 때문에 덜덜 떨었던 것보다 베네치아에서 봤던 파란 하늘이 더 기억에 남아 "이탈리아(심지어 베네치아도 아니고 이탈리아라며 멋대로 확장)는 날씨가 좋고 하늘이 예쁘더라!"라는 인상만 강하게 남았다.

3. 오전에는 무라노(Murano) 섬으로 가는 배를 탔다. '같이 배에 타고 있던 사람들은 다 어디로 간 거지?' 싶게 거리 분위기는 매우 한산하고 또 조용했다. 사람도 없는 거리에서 그나마 마주친 몇 안 되는 사람들 중에서 한 남자가 "너 북한? 남한?"하며 두 번이나 묻길래 마지못해 "남한"이라고 답해줬다. 또 다른 아저씨는 부탁하지도 않았는데 "너희 둘이 같이 서봐. 내가 사진 찍어줄게"라며 다가와서 사진도 찍어줬다.

4. 무라노 섬은 섬세한 유리공예로 알아주는 곳이라고 했는데 일요일이라 자그만 개인 공방 등은 대개 쉬는 분위기고 큰 곳만 열고 있었다. 대강의 평범한 유럽처럼 말이다. 그래도 진열장을 가려놓진 않

아서 공예품들을 구경하는 데에는 전혀 문제가 없어서 좋았다. 사실 공방들이 닫혀있어서 도리어 더 좋았다. 주인 눈치 안 보고 실컷 봐도 되니까. 약간 아쉬웠던 건 직접 대롱을 불어서 유리제품을 가공하는 모습을 못 봤다는 것. 아무튼 섬 전체가 유리 공예품으로 가득한데 똑같은 것은 거의 못 본 듯하고 제각각 개성이 넘쳐 구경만으로도 충분히 즐거웠다. 그만큼 가격도 천차만별. 사올 수 있을 만한 가격대에 가져올 수 있을 적당한 사이즈인 것들도 꽤 있었는데 깨질까 봐 결국은 냉장고에 붙일 마그넷 하나랑 십자가 목걸이만 하나 샀다. 하지만 고작 그것들도 신주단지처럼 모시고 오느라 꽤 신경이 쓰였다.

　'베네치아'라고 했을 때 떠오르는 몇 가지 이미지 중에 좁은 운하 사이로 빼곡히 들어선 칼라풀한 집들의 이미지는 부라노(Burano) 섬에서 나온 것 같다. 여러 가수들의 뮤직비디오에도 나온다고 하는데 그런 뮤직비디오 중 단 한 편도 직접 본 적은 없지만 여러 여건상 사진이나 화면이 잘 받을 만한 곳임은 분명해 보였다.

　부라노 섬에 대해 한마디로 이야기하자면 '알록달록한 색색깔의 집들로 가득 찬 작은 섬'. 작디작은 섬에 딱히 의미 있는 유적지나 재미

난 놀잇감이 있는 것은 아니지만 그 동네 사람들이 살고 있는 풍경 자체가 동화 속에서 튀어나온 것 같아서 늘상 구경꾼들이 많은 느낌이다. 구경과 삶의 경계가 모호해질 때 생겨나는 여러 가지 일들에 대해서 어떻게 조율하고 있는지는 모르겠지만 하루 이틀 이렇게 산 것은 아닐 테니 각자 나름의 비법이 있겠지 싶다.

섬을 뒤덮은 화려한 색채는 바다 안갯속에서 쉽게 섬을 찾아오게 하기 위한 방법 중 하나였다고 한다. 요즘은 그런 목적보다는 관광 측면에서 아예 정부에서 집 색깔을 관리한다고 하는데 이 말이 진짜인지는 모르겠다. 하지만 나란한 집들끼리 색깔이 비슷한 경우를 한 번도 보지 못해서 정말인가 싶기도 했다.

어쨌거나 저쨌거나 회색 건물로 가득한 곳에 살다가 이런 곳을 보니 놀라울 따름이다. 지구상에 이런 동네도 있는데 난 왜 무채색인 동네에서 사는 걸까? 하지만 나는 그다지 정신적으로 강한 사람이 아니어서 낯선 사람들이 대포 같은 카메라를 들고 몰려와 내 집을 찍어대고 골목에서 불쑥불쑥 튀어나오고 하면 정말이지 못 견딜 것 같다. 그러니까 아무도 부러워하지 않고 아무도 카메라를 들이대지 않는 회색 집에서 사는 것에 그럭저럭 만족하는 거로….

레이스 뜨는 노인

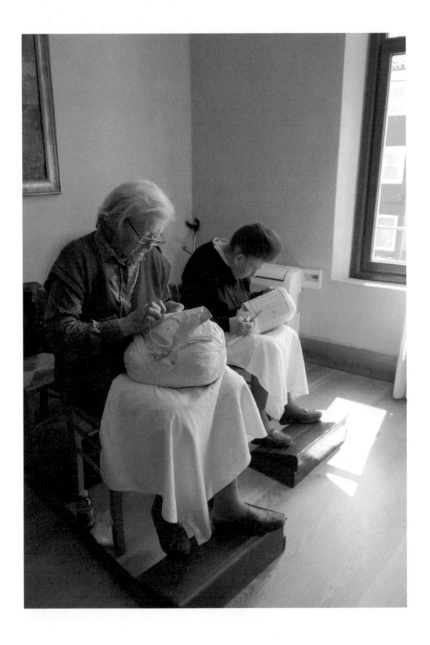

부라노 섬에 색색깔의 집들이 가득한 이유는 바다 안갯속에서 쉽게 섬을 찾아오게 하기 위해서라고 한다. 그 말은 다시 말하면 이 섬의 대부분의 남자들은 다 배를 탔다는 얘기고 그다지 놀라울 것도 없는 얘기다. 섬에서 배 안 타면 뭘 하겠나. 대신 여자들은 바다에 나간 남자들을 기다리면서 레이스를 떴다고 한다. 그 때문일까? 부라노 섬의 레이스 공예는 다른 지역에서도 알아주는 수준이라고 하는데 보기에는 참 예쁘지만 정신 차리고 생각해보면 당최 어디에 써야 할지 모르겠는 물건이기도 하다.

레이스 공예의 섬답게 섬 중앙 광장쯤 오면 레이스 박물관도 있고 레이스 제품들을 파는 상점도 많다. 안에 들어가 보면 백발의 호호 할머니들이 다들 열심히 레이스를 뜨고 있다. 저 연세에 저게 보이나 싶은데 잘 안 보여서 그런 것인지 손이 굼떠져서 그런 것인지 원래 성격들이 그런 것인지는 모르겠지만 다들 급할 거 없이 느릿느릿 뜨고 있다. '오늘 안되면 내일, 내일도 안되면 안 팔지 뭐' 같은 자세랄까. 물론 저 연세에 뭔가 한다는 것 자체가 쉬운 일은 아니니까 그렇게 안 일한 자세로 사는 건 아닐 거다. 이건 '저렇게 늙어서도 일을 하지 않으면 안 되다니, 이 나라의 노인복지도 엉망이구만!'이라는 뜻이 아니다. '장인'의 분위기가 느껴져서 제법 엄숙한 분위기였다는 뜻이다. 내 생각에 장인이란 자고로 어느 정도의 세월을 거쳐야 한다고 생각하기 때문에 '젊은 장인'이라는 건 있을 수 없다고 믿는다. 그리고 아무래도 그런 신념이 생기게 된 데에는 옛날에 국어 교과서에서 봤던 《방망이 깎던 노인》이 큰 역할을 한 것 같다.

《방망이 깎던 노인》은 젊은이의 짜증과 멸시에도 아랑곳하지 않고 다 된 것 같은 방망이를 다듬고 또 다듬던 노인에 대한 이야기다. 아마도 그 당시에는 "자기 일에 최선을 다하면서도 여유 있는 노인의 자세와 이기적이고 조급한 젊은이의 행동을 대비시켜 성실한 삶의 태도를 부각시키고 사라져 가는 전통에 대한 아쉬움을 표현했다"고 불러주는 대로 받아적고 달달 외웠던 것 같다. 진짜 웃기는 건《방망이 깎던 노인》때문에 '장인은 자고로 노인이지'라는 선입견이 생겼는데도 불구하고 정작 지금까지 머릿속에 남아있는 건 주제의식이 아니라 달랑 두 컷의 이미지라는 점이다. 하나는 말 그대로 길가에 앉아 방망이를 깎는 꼬장꼬장한 노인의 모습(당시 교과서에 삽화가 있었던 것으로 기억한다). 또 하나는 동대문 추녀의 이미지. 작가가 뒤늦게 자신의 잘못을 뉘우치고 사과를 하기 위해 다시 노인을 찾았지만 그 자리에 노인은 없었고 대신 예전에 노인이 바라보았던 동대문 추녀를 대신 바라보며 "푸른 창공에 날아갈 듯한 추녀 끝으로 흰 구름이 피어나고 있었다"라고 표현했던 바로 그 모습 말이다.

아무튼 나의 선입견은 아직도 유효하다. 공교롭게도 여기서 만난 레이스 뜨는 사람들도 모두 노인이었기 때문이다.

한꺼번에 대식을 하지 못하는 나 같은 사람에게는 조금씩 여러 가지를 먹을 수 있는 메뉴가 좋다. 베네치아에서 먹은 치게티(Cicchetti)가 꼭 그런 음식이다. 치게티는 빵에 조금씩 취향껏 토핑을 얹어서 먹는 음식. 우리는 야채와 생선이 함께 나오는 메뉴로 주문했다.

여러 음식을 한 접시에 담으면 자칫 한 음식이 다른 음식의 풍미를 해치는 경우도 있는데 전혀 그렇지가 않았다. 각각을 다른 재료와 방법으로 조리를 해서 다 특색이 있는데 하나가 메인이고 나머지가 사이드인 개념이 아니니까 여러 메인 요리를 조금씩 맛보는 기분이었다. 원래 생선류라면 자다가도 일어날 정도로 좋아하지만 굳이 따지자면 날생선을 더 좋아하는데 익힌 생선도 충분히 맛있을 수 있다는 뻔한 진리를 이 집에서 다시 확인했다. 특히 과일과 생선이 생각보다 잘 어울렸다. 오렌지와 흰 살 생선, 토마토와 등 푸른 생선이 이렇게 잘 어울리다니. 한국에선 절대 상상할 수 없는 조합이다. 문득 생각난 건데 '호박'이라고 하면 한국에선 호박전이나 나물을 떠올리지만, 서양에선 호박파이를 떠올린다고. 사람이 먹고 산다는 게 다 비슷한 것 같으면서도 또 제각각인 것 같다.

치게티를 다 먹고 난 뒤 메인 요리 1개와 스타터 1개를 추가 주문했다. 스타터로 주문한 아삭한 양파와 같이 나온 스캄피(새우의 일종) 요리는 생강과 식초로 양념한 듯했는데 정말 개운하고 깔끔한 맛이었고 오징어 먹물로 볶은 오징어와 옥수수로 만든 빵 세트도 맛있었다. 옥수수 빵은 어쩌면 빵이라기보단 빵과 떡의 중간 정도 형태인데 고슬고슬하면서도 쫄깃한 게 새로운 식감이었다. 오징어 먹물이 고소하면서 감칠맛 나기로는 제일이지만 계속 이것만 먹으면 약간 느끼한 감도 있는데 이 느끼함을 스캄피 요리가 잡아주니 정말 최상의 궁합이었다. 마치 김치나 단무지 같은 역할로 느끼함을 달래줘서 두 음식을 번갈아 먹다 보니 생각보다 많이 먹고 말았다.

그렇게 먹다 보니 시간이 제법 많이 지났는데 '알게 뭐냐, 날씨 좋은 날에 맛있는 음식으로 배 채운 게 제일이다'라며 늘어져 있다가 슬렁슬렁 식당 바깥으로 빠져나왔다. 평일이건 주말이건 식사 시간이 지나면 눈에 띄게 사람이 훅 빠지는 한국의 식당들과는 달리 다들 별로 시간에 구애받지 않고 먹고 있었다. 역시나 빠른 속도로 먹고 있는 사람은 없다.

• 식당 정보

Anice Stellato
Fondamenta de la Sensa, 3272,30100 Venezia, Italy
http://www.osterianicestellato.com/

　300여 개의 작은 섬들이 모인 곳이 베네치아이고 그 섬들은 다 배가 없이도 걸어서 이동할 수 있도록 다리로 연결되어있지만 당연히 최단 거리를 고려하고 지어진 다리들은 아니기 때문에 가까운 거리도 꼬불꼬불 돌아가야 하는 경우가 생긴다. 게다가 베네치아는 특성상 '어떻게든 길은 다시 이어진다'라는 말이 통하지 않는 곳이다. 잘못 길을 들면 그 길은 벽으로든 물로든 여지없이 막혀있다. '길을 잘못 든 것 같은데 이쪽으로 빠지면 다른 길이 나올 테니 우회해서 온 셈 치고 계속 가자' 같은 것은 통하지 않는다. 무조건 뒤로 돌아서 나와야 한다.

미련을 버리고 퀵 턴 해야만 한다.

한눈팔지 않고 제대로만 가면 산타 루치아 역에서 리알토 다리(Ponte di Rialto)를 거쳐 산 마르코 광장(Piazza San Marco)까지 걸어서 30분 정도면 갈 수 있다. 하지만 '이 길이 맞나?'를 끊임없이 의심하고 좁은 골목을 통과하면서 쉬지 않고 30분을 걷는다는 것은 생각처럼 쉬운 일이 아니었다. 30분은 꽤 긴 시간이고, 사실 확신 없이는 뭐든 10분도 지속하기 힘들다. 중간중간 표지판이 있긴 하지만 그만큼 중간중간 또 빠질 수 있는 샛길이 많아서 마치 개미집 안쪽을 뿔뿔대고 걷는 것 같았다. 지역 자체가 자잘한 골목으로 빼곡하니 지도도 소용없고 내가 이 골목에 서 있는지 바로 옆 골목에 서 있는지 GPS가 구분하지 못하니까 스마트폰의 지도도 무용지물. 띄엄띄엄 있는 표지판을 믿고 갈 수밖에 없다. 하지만 생각해보면 그나마 그런 거라도 있으니 어찌나 다행인지. 삶의 여정 대부분에는 표지판이 없으니까 이리 헤매고 저리 헤매고. 그게 청춘의 특권이라고들 말하지만 때로는 청춘도 힘든 법이다.

그렇게 가까스로 리알토 다리에 도착했다. 리알토 다리는 일명 '각'이 잘 나와 어떻게 사진을 찍어도 꽤 괜찮은 사진을 찍을 수 있는 곳이라고 알려져 있다. 그 말도 틀린 말은 아니지만 내 생각엔 다리 자체보다는 다리에서 바라본 운하의 모습이 훨씬 멋있는 것 같다. 아무리 '뭘 찍어도 다 엽서' 같은 유럽이라 해도 이런 풍경을 볼 수 있는 곳은 흔치 않기에 재빨리 사진을 찍었다.

분명 해가 떨어지기 전에 걷기 시작했고 아직 산 마르코 광장은 보이지도 않는데 이미 30분은 훌쩍 넘은 데다가 주위는 어두컴컴해졌다. 그리고 너무 지쳐버렸기에 여기서부터 산 마르코 광장까지는 배를 타기로 했다. 걸어도 30분. 배로도 30분. 배가 빠른 것 같으면서도 은근히 느려서 생각보다 시간이 오래 걸린다. 이 부분은 내 의지로 바꿀 수 없는 부분이니 베네치아에서의 일정은 이동시간을 고려하여 여유롭게 짜시길 바란다.

물의 도시라고 불리는 베네치아이지만 결론부터 이야기하자면 오직 '물'만으로 이곳을 표현하는 것은 좀 아쉬운 일이다. 물과 사람들의 삶이 어울리는 풍경 외에도 나폴레옹이 세상에서 가장 아름다운 응접실이라 말하며 격하게 아꼈다는 산 마르코 광장, 성경의 마가복음을 쓴 산 마르코의 유해가 모셔진 산 마르코 성당, 베네치아 공화국 최고 통치자였던 '도제(Doge)'의 공식 관저로 쓰인 두칼레 궁전(Palazzo Ducale) 등을 돌아보느라 시간 가는 줄 모르고 하루를 썼다. 들여다볼 만한 미술관도 꽤 많다.

하지만 그건 모든 여정을 마친 후에 돌아보면서나 할 수 있는 이야기이다. 이곳에 도착하고 첫 아침에 만난 베네치아는 물과 사람, 그 자체였다. 좀 더 구체적으로 말하자면 '인간은 어떻게 주어진 자연을 극복하고 사는가'였다. 척박한 오지에나 어울릴 말이지만 그 말은 이 동네에도 묘하게 어울렸다. 옆 동네에 가려고만 해도 배를 타고 바다를 건너야 하는 삶이라니, 보기에나 낭만적이지 사실 얼마나 고단하겠는가.

고작 며칠이지만 여기 있어 보니 삶의 기반이 물이라는 것은 꽤나 울렁거리는 일이라는 생각이 들었다. 모든 것이 흔들흔들. 배에서 내려 육지에 발을 디딜 때마다 그 야무진 단단함이 어찌나 반가웠는지 모른다. 이런저런 걸 다 떠나서 배 시간이 맞지 않으면 누군가에게 달려갈 수조차 없는 삶이라니 서늘한 얘기다. 사람은 물을 보면 미친다고, 그렇기에 성정이 약한 사람은 물가에 살면 안 된다는 말도 있지 않았나. 너무나도 아름다운 풍경 앞에서 떠오르는 것은 결국 또 '님아 그 강을 건너지 마오'하는 공무도하의 이야기이니 어찌 해야 할지 모르겠다. 이제 그만 육지에 발을 디디고 정신을 차릴 때다.

성경의 한 챕터인 마가복음은 그리스도의 전도부터 시작하여 그가 부활하는 아침까지를 커버하는 복음서로 분량은 적지만 마태복음, 누가복음, 요한복음 중에 가장 먼저 쓰인, 의미 있는 복음서이다. 말 그대로 마가가 썼기 때문에 마가복음이라고 불리는데 그 '마가'가 바로 산 마르코이고, 그의 유해가 모셔진 성당이 말 그대로 산 마르코 성당이다.

마가가 이집트에서 이슬람교도들에게 살해를 당해 순교하게 되자 베네치아의 상인들이 그의 유해를 베네치아로 옮겨와 안치할 계획을 세운다. 상인들은 그의 유해를 이슬람교도들이 혐오하는 돼지고기 속에 숨겨서 무사히 가져올 수 있었는데 막상 유해를 가져오자 욕심이 생긴 베네치아의 총독이 자신의 관저에 그의 유해를 안치하려고 했다고 한다. 그러자 갑자기 유해가 움직이지 않아 어디로도 옮길 수 없게 되었고 이에 놀란 총독이 성당을 지어 안치하겠다고 약속하자 그제서야 유해가 움직였다는 이야기가 전해진다.

이 이야기는 워낙 유명한 이야기이기도 하지만 기독교인이 아닌 사람들은 알 리가 없을 것 같기도 한데 성당 정면의 모자이크에 표현되어있으니 관심을 가지고 찾아보면 쉽게 이해할 수 있다.

성당 자체는 여기저기서 하도 많이 봐서 새로울 것도 없지만, 이곳에서는 나폴레옹이 훔쳐갔다가 후에 반환했다고 알려진 네 마리의 청동말 동상이 있어 다른 성당들과는 조금 차별성이 있는 셈이다. 네 마리의 말은 '엄청나게 잘 만들었어!'라는 느낌보다는 발길질하는 순간의 박력에 초점을 맞춘 듯, 그 순간의 느낌에 더 주력한 작품처럼 보였다.

청동상 외에도 볼거리는 제법 많았다. 내부 천장에는 여러 성화들이 가득했기에 성경의 내용을 좀 더 잘 알고 있다면 이해되는 부분이 더 많을 텐데 하는 아쉬움이 남았다. 하지만 성경을 한두 번 본다고 머릿속에 온전히 저장되는 것도 아니고, 그렇게 치열하게 달달 외우면서 읽고 싶지도 않으니 늘 그런 아쉬움은 여행 와서만 느끼는 한때의 아쉬움 정도로 지나가곤 하는 것 같다.

+ 한참 사진을 찍다 보니 카메라에 엑스표가 쳐진 표지판이 보여서 그때부터 사진 찍는 것을 그만두었다. 그런데 주변 사람들 다들 개의치 않고 촬영하는 분위기고 그걸 빤히 보고 있는 관리인도 제지하지 않아서 어떻게 하라는 건지 혼란스러웠다. 이쪽이든 저쪽이든 좀 확실히 해줬으면 좋겠다. 애매한 건 제일로 나쁘다.

　이런 곳은 역시 높은 곳에 올라야 제대로 볼 수 있다. 그 '높은 곳'
은 산 마르코 성당의 2층 발코니. 물론 성당 옆의 시계탑이나 대종루
에 올라서도 볼 수 있지만 높이나 위치가 그게 그거니까 셋 중에 취
향껏 한군데만 올라가면 될 듯하다. 파란 건물이 시계탑, 삐죽한 붉은
탑이 대종루인데 대종루에는 엘리베이터가 있다. 우리는 성당 내부도
볼 겸 성당에 올라서 바깥을 바라보는 쪽을 택했다.

　산 마르코 광장은 나폴레옹이 세상에서 가장 아름다운 응접실이라고 칭하며 유달리 아꼈다는 이야기가 전해오며, 베네치아의 여러 광장 중에서도 'Piazza'라는 호칭이 붙은 유일한 곳이다. 계획도시처럼 네모 반듯한 공간을 나란히 둘러싸고 있는 카페와 상점들을 둘러보는 데 볼 게 너무 많아 나도 모르게 마음이 급해졌다. 그만큼 사람도 많고 사람들이 흘린 부스러기가 많으니 비둘기도 많아 비둘기 공포증 가진 사람들에게 추천하기는 약간 어렵지만 이 정도 풍경인데 비둘기가 대수인가 싶다. 깃발이 펄럭이는 쪽이 큰 응접실이고 바다가 보이는 곳이 작은 응접실이다.

이곳엔 카사노바(Giacomo Girolamo Casanova, 1725~1798)가 '작업'의 무대로 자주 들락거렸다던 300년도 넘은 카페 플로리안(Caffe Florian)도 있고, 그 못지않게 오래된 카페 콰드리 베네치아(Caffe Quadri Venezia)도 있다. 레스토랑도 있고 명품 가게들도 많다. 하지만 역시 이런 곳에서 뭔가 먹으려면 가격이 어마어마하기도 하다.

　알아주는 카페치고 커피가 맛없을 리는 없겠지만 과연 어떤 카페의 레벨이라는 것을 '커피의 맛'만으로 매기는 것이 옳은 일일까? 옳고 그르다고 확실히 판가름할 수 있는 일은 생각보다 세상에 별로 없으니까 말을 바꿔야겠다. '옳다'기보단 '합리적인' 판단일까 하는 의문이 드는 밤, 그 밤은 카페 플로리안에서 보낸 밤이었다.

　커피의 맛 외에도 그 공간에 깔려있는 공기와 음악, 그곳을 메운 사람들의 분위기, 직원의 서비스, 그리고 이 지역과 카페 사이와의 어울림, 그러니까 일종의 위화감을 주진 않는지 같은 부분, 이 모든 것을 다 아우를 수 있으면서 우리를 납득시킬만한 적당한 가격. 내 기준대로라면 이 중에서 단 한 개도 포기할 수 있는 항목은 없다. '모든 부문에서 별 5개여야 해'가 아니라 별이 5개인 항목이 없을지언정 별이 0개인 항목은 있어서는 안 된다는 거다. 이렇게 말하니 내 자신이 너무 무난한 것만 추구하는 인간 같기도 하다.

그런 면에서 카페 플로리안은 꽤나 계산을 해봐야 하는 곳이다. 우선 생각해봐야 할 것은 연주비. 산 마르코 광장을 가득 메우는 연주는 이곳에서 나오는 연주인데 엄청난 수준의 음악가들은 아니지만 무척이나 흥겹다. 하지만 이 음악을 듣는 '연주비'만 해도 6유로이니 어지간한 커피 2잔 값이다. 카페에 머무르는 시간 내내 귀를 막고서 '전 듣지 않았으니 연주비 안 낼래요'라고 할 수도 없는 일이다.

《베니스의 상인》이 달리 이곳 출신인 게 아니다. 셰익스피어가 그냥 아무 지명이나 갖다 붙인 게 아니라 베네치아에는 왠지 모르게 '역시 장사치들이다' 싶은 분위기가 있다. 이 동네 사람들이 다들 샤일록처럼 악덕 업주라는 뜻은 아니지만 장사할 수 있는 모든 항목에 대해선 장사를 하고 있는 것만큼은 분명해 보였다. 예를 하나 들자면 '화장실 패스'. 이탈리아뿐 아니라 대부분의 유럽에서 공공 화장실을 사용할 때 0.5~1유로 정도의 돈을 내야 하는데 베네치아에서만큼은 유독 머리를 굴려 '화장실 패스'라는걸 만들어서 일일 화장실 정액권을 팔고 있을 정도다.

플로리안의 직원들은 다들 턱시도를 갖춰 입은 잘생긴 남자들로 친절한 편이었고 시간이 늦은 데다가 이때는 본격 관광철은 아니어서인지 한산해서 분위기도 그럭저럭 괜찮았다. 하지만 이런저런 것들을 일일이 따지지 않아도 좋다. 플로리안이 유명한 가장 큰 이유는 광장이 지어지기도 전인 1720년에 오픈한 이래로 괴테, 골도니(Carlo Goldoni, 1707~1793), 바이런(George Gordon Byron, 1788~1824) 등 수많은 문학가들의 단골집이었으며 카사노바의 작업 무대였다는 점 때문이니까.

연주비도 내야 하고 그와 별개로 결코 싸지 않은 음료 값도 내야 하지만 워낙 유명한 곳이니 왠지 의무적으로 한 번쯤은 와봐야 할 것 같아 우리는 그렇게 했다. 안 그랬다간 나중에 후회할 것 같았고 후회는 나중에 아무리 비용을 지불한다 해도 메우기가 힘든 법이다. 그러니까 속는 셈 치고 한 번 정도는 기웃거려보는 것을 추천한다.

이 집의 대표메뉴는 의외로 커피가 아니라 핫초코. 엄청 진해서 무척 달아 보였는데 직접 먹어보니 보기보다 많이 달지 않고 씁쓸한 맛이 나는 핫초코였다.

　베네치아에는 꽤 많은 미술관이 있고 그중에 몇 개는 꼭 들러보고 싶었지만 동선도 맞지 않고 시간도 여의치 않아 결국 한 군데도 갈 수가 없었다. 아쉽지만 그 대신에 '두칼레 궁전은 꼭 가야지'하는 의지를 갖고 기어이 방문했다.

　두칼레 궁전은 베네치아가 공화국일 당시에 최고 통치자였던 '도제'의 공식관저였던 곳. 하지만 여기를 가보고 싶었던 이유는 딱 하나. 이곳에 틴토레토(Tintoretto, 1519~1594)의 〈천국 Le Paradis〉이 있기 때문이었다. 〈천국〉은 '정치적인 갈등을 종교적인 신념으로 해결하자'라는 믿음을 표현하기 위해 그려진 작품이며 세계에서 가장 큰 유화라고 알려져 있다. 사이즈는 22m x 7m로 회의실 한쪽 벽을 완전히 덮는 어마어마한 사이즈다. 그리고 단순히 사이즈만 큰 게 아니라 그림 속에는 천사가 대략 700명 정도 그려져 있어 그 빽빽함이 보는 사람을 압도시킨다. 어찌나 여백 없이 빽빽한지 도리어 그 그림이 별로 크지 않게 보일 정도였다.

시작은 〈천국〉 때문이었지만 오지 않았더라면 후회할뻔했다. 흰 돌과 분홍 돌을 섞어서 벽을 쌓았고 클로버 무늬를 적극적으로 활용해서 건물을 꽤 예쁘게 짓긴 했지만 전체적인 형태가 네모 반듯해서 좀 심심해 보이기도 했는데 내부를 들어가 보니 과연 이런 곳에서 일을 볼 수 있을까 싶을 정도로 엄청나게 화려하고 규모도 컸다. 내부에는 수많은 방들이 있는데 대의원 회의실, 10인 평의원 회의실 등 용도도 다양하고 각 방이 모두 내부 구조가 달라서 새삼 도제의 위엄을 느끼게 했다. 회의실 등 공적인 업무로 쓰인 곳 외에도 도제가 생활했던 아파트, 감옥과 고문실, 바깥의 계단과 조각상 등 대충 획획 지나칠 수 있는 곳이 없어서 부지런히 걸었는데도 구경에 족히 2시간은 걸린 것 같다.

이 궁전에서 가장 유명한 곳은 아마도 '탄식의 다리'일 것이다. 궁 안에서 유죄판결을 받은 죄수가 감옥과 고문실로 향할 때 반드시 이 다리를 건너야 했기에 이런 이름이 붙었다고 하는데 카사노바도 '신성 모독죄'로 유죄판결을 받고 이 다리를 건넜다고 전해진다. 카사노

바라고 하면 그의 회고록을 통해 전해오는 탈옥 이야기를 빼놓을 수 없다. 그에게 호감을 가졌던 여자들이 합심하여 감옥의 간수를 매수했고, 베네치아의 가면 무도회 날에 맞춰 카사노바가 가면을 쓰고 탈출했다는 이야기 말이다. 이 이야기는 극적이긴 하지만 최근에 납으로 된 지붕에 뚫린 부분이 발견되면서 가면 탈출설보다는 지붕을 뚫고 탈출했다는 설이 좀 더 힘을 얻고 있다고 한다.

여기도 분명 촬영 금지라고 붙어있긴 했는데 다들 찍고 있는 분위기였기에 어찌해야 할 바를 몰라서 실내에서는 사진을 찍지 않기로 우리끼리 정했다. 고로 내부에서 찍어온 사진은 없다.

물과 관계없는 베네치아 이야기

1. 베네치아의 8할은 물이긴 하지만 물과 관련 없는 것도 꽤 많다. 배를 타지 않고 그냥 쭉 걸어서 산책하는 것도 좋다. 산타 루치아 역에서부터 리알토 다리까지 걸어가는 길에 재미있는 가게들이 많이 있기 때문이다. 베네치아를 상징하는 여러 가면들, 유리공예품들, 각종 먹을거리 등등으로 길 양쪽이 가득 차 있다. 그중 가장 재미있었던 곳은 한국인들에게 꽤 유명한 튀김집이었다. 입간판에 적어놓은 솜씨를 보니 이건 본인이 썼다기보단 아마 한국인들이 써주지 않았을까 싶었는데 한국말로 능숙하게 주문을 받는 이탈리아 아주머니를 보니 엄청 놀라웠다. 사실 주문 받는데 오가는 말들은 딱 정해져 있으니 놀랄 일은 아닐지도 모르지만 발음이나 억양이 전혀 어눌하지가 않은 건 충분히 놀랄만한 일이니까. 아무튼 전체 여정 중 가장 많은 한국 사람을 이 가게에서 만난 건 절대 우연이 아닐 거다. 다들 삼삼오오 모여 앉아 튀김에 맥주를 마시고 있었는데 우리는 별로 앉고 싶지가 않아서 그냥 들고 다니면서 먹기로 했다. '모듬튀김'으로 주문. 본래 방금 막 튀겨낸 튀김이라는 게 맛없기는 힘들다. 그래도 조금 냉정하게 평을 해보자면 새우나 오징어야 늘 먹던 그 맛인데 멸치처럼 작은 생선을 튀겨놓은 게 별미였던 기억이다.

2. 쇼핑은 언제나 가장 마지막 날 하는 법이지만 마지막 일정이 베네치아이다 보니 왠지 교통이 불편할 것 같고 그러면 물량 수급 등에 문제가 있지 않을까 하는 노파심에 피렌체에서 살 것을 미리 다 사서

싸들고 왔다. 베네치아까지 이동하는 동안 가방이 무거워서 쓰러질뻔
했는데 그건 '물건이 많은 육지에서 미리 몽땅 산 뒤 고생하며 들고
다닐 것이냐, 편하게 다니다가 물건이 없을지도 모르는 베네치아에서
마지막에 살 것이냐'에서 1안을 택한 순간부터 예상된 결과였고 당연
히 감수해야 할 일이었다. 그러나 막상 베네치아에 와보니 여기도 제
법 큰 마트가 있어 어지간한 물건은 다 있었다. 괜히 생고생하며 들고
왔구나 싶었는데 그건 상인들의 도시라 불리는 베네치아를 우습게 본
대가 정도로 받아들여야겠다.

가짜 크루아상

　　노동절이라는 제법 큰 휴일에, 일본의 골든 위크가 겹치는 등 날짜가 날짜인지라 피렌체도 베네치아도 괜찮은 숙소를 찾기가 힘들었는데 어찌어찌 하여 숙소들을 찾아냈고 별 탈 없이 무사히 묵을 수 있었다. 어차피 씻고 잠만 잘 거라서 물 잘 나오고 잠자기에 적절하면 별로 그 외의 조건은 신경을 안 쓰는 편이긴 하다. 그런데 숙소를 찾던 중에 우리가 예약한 베네치아 호텔에 대해 어떤 사람이 남겨놓은 후기를 보게 됐다. "진짜 크루아상을 먹고 싶다"라고 써놓은 걸 발견한 것이다. 이게 대체 무슨 소린가 했는데, 다음 날 아침이 되니 바로 알 수 있었다.

　　이게 바로 '가짜 크루아상'이다.

1. 결국은 런던의 히드로 공항을 거쳐서 한국으로 돌아가게 되었다. 이곳을 거치는 순간 제법 부담스러운 금액을 공항세라는 명목으로 내야 하지만 그래도 못 돌아가는 거에 비한다면야 엄청나게 잘한 선택이었다. 런던으로 가기 전 베네치아의 마르코 폴로 공항에서 요기를 했는데 이 대단한 사람들은 공항에서 파는 패스트푸드식 피자도 화덕에서 굽고 있었다. 피자 말고도 원하는 음식을 자유롭게 접시에 담아 계산하는 쪽도 있었는데 이쪽에 있는 것들도 다 맛있어 보였다.

2. 런던에서 대기하는 동안에는 야채 스프와 치킨 샐러드에 기네스를 마셨다. 여기 직원이 "너네 놀러 왔니? 런던 마음에 들어? 런던에 다시 올 거니?"와 같은 걸 물어봐서 들뜬 마음에 전부 다 "YES"라고 대답했다. 그렇게도 "여행 가고 싶다"를 외치면서도 가장 행복한 순간은 집으로 돌아가는 비행기를 타기 직전에 마지막으로 뭔가 먹을 때라니 웃기기도 하고 서글프기도 하다. 결국은 돌아가기 위해서 떠나온 꼴이다. 이건 사랑하기 때문에 헤어졌다는 게 아니고 헤어지기 때문에 사랑한다는 소리라고 봐야 한다. 그런 의미에서 '내 집이 최고'라느니 'Sweet home'이라는 말이 괜히 있는 말이 아님을 느낀다.

아! 집으로 돌아가고 싶다고는 했지만 회사로 가고 싶다고는 하지 않았습니다.

Chapter 3.

이 미술관에선
이것을 보세요!

이 미술관에선 이것을 보세요!

〈미술관에서의 선택과 집중을 위한 추천작품들〉

어떤 작품은 중요해서 놓치면 안 되고, 어떤 작품은 하찮으니 넘어가도 된다는 식의 소개는 우습고 또 위험하다. 하지만 어떤 미술관이건 간에 모든 작품을 다 꼼꼼히 보려고 하면 제풀에 지치기 마련인 것도 사실. 시간도 없고 체력도 없는 당신에게 하고 싶은 얘기는 선택과 집중을 잘하자는 것.

추천 작품들에 개인적인 취향이 물씬 반영되었음을 잘 알지만 그럼에도 불구하고 당신의 여행에 참고로 쓰일 수 있다면 좋겠다.

바티칸 – 바티칸 박물관 (Musei Vaticani)

[바티칸 박물관 관람 Tip]

– 명실상부한 유명지이기 때문에 하루 2만 명, 연간 500만 명의 사
 람들이 몰린다. 입장 시간에 맞춰 입장할 수 있도록 아침 일찍 가
 서 줄을 서는 편이 좋다.
– 무료 입장이 가능한 날이 있으나 피하는 편이 도리어 이롭다.
 역시나 사람이 너무 많다.

라오콘 군상 (Laocoon)

　트로이의 제사장이었던 라오콘은 트로이 전쟁 때 그리스군의 목마
를 성 안으로 들이는 것에 반대했다가 신의 노여움을 사 두 아들과 함
께 죽게 된다. 포세이돈이 보낸 뱀에 휘감긴 채 죽을 운명을 벗어나기
위해 안간힘을 쓰는 모습을 포착한 이 조각은 헬레니즘을 대표하는
유물로 꼽힌다. 누가 만들었는지가 아직도 미스터리인데 항간에는 미
켈란젤로가 만들었다는 말도 돌고 있다.

몸체의 아름다움을 집중해 표현하기 위해서 의도적으로 목이나 팔, 다리 등을 생략하고 순수히 몸통만 표현한 조각을 토르소라고 한다. 몸체의 근육을 너무나도 리얼하게 표현한 이 토르소는 후대 많은 조각가들에게 영감을 주었다고 알려져있다.

미켈란젤로 (Michelangelo, 1475~1564) / 피에타 (Pieta)

예수의 시신을 끌어안고 있는 성모의 모습을 형상화한 조각으로 미켈란젤로의 최대 걸작으로 불린다. 십자가에서 끔찍한 처형을 당한 것과 달리 예수는 아주 편안해 보이는 모습에 성모도 아들에 비해 너무 젊다. 게다가 성모의 몸체가 예수의 몸체에 비해 상대적으로 크기까지. 이것저것 따지며 보면 다소 언발란스해 보이지만 그럼에도 불구하고 전체적으로는 안정적인 느낌이다. 경건함과 함께 엄숙함을 자아내는 이 조각은 정신 이상자에게 한차례 테러를 당해 파손되었다 복원된 후 현재는 방탄유리 뒤에서만 만날 수 있다.

　언제나 젊게 그려졌던 마리아를 중년의 여인으로 표현했고 요셉의
얼굴 또한 늙어 보인다. 시커멓게 더러워진 예수의 발바닥 또한 사실
주의에 기초한 것. 전반적으로 그림 톤이 어두운데, 포인트를 주고 싶
은 곳만 유독 밝게 처리해 마치 일종의 연극 무대를 보는 듯하다.

레오나르도 다 빈치 (**Leonardo da Vinci, 1452~1519**) /
광야의 성 히에로니무스 (**St Jerome in the Wilderness**)

여러 성인이 있지만 사자와 함께하는 성인은 히에로니무스뿐이다. 그는 라틴어 성서를 처음으로 기록한 성인이자, 번뇌가 느껴질 때마다 돌멩이로 가슴을 쳤다고 한다.

이 작품은 시신을 해부하면서까지 인체의 비례와 구조에 대해 철저히 공부했던 다빈치의 작품. 바티칸 박물관에 전시된 다빈치의 작품은 이 작품이 유일하다.

마태복음 17장의 내용을 표현한 작품으로 그림의 위쪽에는 예수가
하늘로 승천해 옷이 하얗게 변하며 제자들과 대화를 나누었던 장면
이, 아래쪽에는 간질에 걸린 소년이 치료를 위해 사람들 손에 이끌려
나오는 장면이 묘사되어있다. 색감이 화려해 한 눈에 들어오며 '공기'
를 효과적으로 표현한 덕에 그림 속 인물들이 입체적으로 느껴진다.

라파엘로 (Raffaello Sanzio, 1483~1520) / 아테네 학당 (School of Athens)

　　라파엘로의 방에 위치한 작품 중 하나로 철학을 주제로 한 그림이
다. 그림 속에 등장하는 인물들이 매우 많은데도 워낙 배치가 조화롭
게 되어 어수선한 느낌이 전혀 없는 점이 이 그림의 특징. 그림 속에
는 플라톤과 아리스토텔레스 외에도 50여 명의 철학자와 수학자 등이
등장한다. 그림의 오른쪽 부분을 유심히 보면 사람들 사이에서 고개
만 빼꼼히 내밀고 정면을 응시하는 남자가 있는데 이는 라파엘로 자
신이라고 알려져 있다.

멜로초 다 포를리 (Melozzo da Forli, 1438~1494) / 음악천사 (Musician Angels)

　시스티나 성당의 프레스코화보다 100년이나 앞선 프레스코화. 프레스코 기법은 벽의 회반죽이 마르기 전에 그 위에 재빨리 그림을 그려내야 하는 작업이기에 고도의 숙련성을 요하는 작업이다(그리다 잘못되면 벽을 긁어내야 한다). 비올라를 연주하는 천사가 가장 유명하지만 다른 천사들도 모두 귀엽고 사랑스럽다. 부드러우면서도 알록달록한 색채 표현은 덤.

그림의 상단엔 예수를 고통스럽게 했던 십자가 형틀과 면류관을 들고 있는 천사들이, 그림의 가운데에는 곧 이라도 벼락을 내려 세상을 심판할 듯 손을 번쩍 치켜들고 있는 예수가 그려져 있다. 그 옆의 여인은 성모이며 그 외의 인물들은 모두 기독교 성인들이다. 성인들 중에는 피부 가죽을 벗겨내는 형벌을 받고 순교한 성인 바르톨로메오가 보이는데 그가 들고 있는 피부 가죽에 그려진 남자의 얼굴은 미켈란젤로의 얼굴이라고 한다.

그림의 왼쪽 하단에는 연옥에서 천국으로 올라가는 사람들이, 오른쪽 하단에는 지옥으로 떨어지는 사람들이 표현되어있다. 이 사람들을 분류하는 작업을 하는 천사들은 나팔을 불고 있으며 또한 명부를 펼쳐 본인들의 이름을 확인시켜주는데 천국의 명부보다 지옥의 명부가 훨씬 크다. 그만큼 지옥으로 갈 사람들이 많다는 뜻. 이 작품은 단테의《신곡》에서 영향을 받은 것으로도 알려져 있다.

이 작품에 등장하는 391명의 인물들은 처음에는 모두 나체 상태로 그려졌었는데 '비속한 부분은 가려져야 한다'라는 교황청의 의견 때문에 작품 속 인물들의 주요 부위를 부랴부랴 가리게 되었다고 한다.

결국 미켈란젤로의 제자가 이 작업을 담당하여 인물들의 주요 부위에 천을 덧댄 듯 그림을 수정했다. 하지만 이 작업으로 인해 그는 훗날 '기저귀 그리는 화가'라고 불리게 되었다고.

미켈란젤로 (**Michelangelo, 1475~1564**) / 천지창조 (**Genesis**)

미켈란젤로가 4년여에 걸쳐 그려낸 시스티나 성당의 천장화. 천장의 중앙의 네모난 앵글엔 창세기의 내용을, 그 주변의 삼각형 앵글에는 이스라엘의 역사, 12인의 예언자 등을 그려 넣어 천장을 가득 채웠다.

우리가 흔히 알고 있는 천지창조의 내용은 네모난 작품들 위주이며 창세기의 줄거리처럼 빛과 어둠을 나눔, 해와 달을 만듦, 물과 육지를 나눔, 아담의 창조, 이브의 창조, 원죄를 저질러 에덴동산에서 쫓겨나는 아담과 이브, 노아의 제사, 노아의 홍수, 술에 취한 노아를 표현한

그림들로 구성되어있다.

천지창조 중 가장 유명한 부분은 '아담의 창조'라 불리는, 아담과 하느님이 손가락을 마주대고 있는 모습일텐데 이는 하느님이 아담에게 생명을 불어넣고 있는 중이라는 의미가 있다.

초기에 그린 부분은 구도도 복잡하고 등장인물도 많은데 후로 갈수록 구도와 등장인물이 단순해진다. 복잡하게 그려봐야 아래에서는 잘 안 보인다는 점을 미켈란젤로가 뒤늦게 깨달은 듯하다.

귀도 레니 (**Guido Reni,1575~1642**) /
성 베드로의 십자가형 (**Crucifixion of St Peter**)

성 베드로가 자신은 예수와 같은 자세로 처형받을 자격이 없으니
거꾸로 매달아달라고 요청, 결국 십자가에 거꾸로 매달려 순교하게
되는데 그 모습을 표현한 작품.

머리에 피가 쏠린 모습 등이 너무도 사실적이다.

로마 – 보르게세 미술관 (Galleria Borghese)

[보르게세 미술관 관람 Tip]

- 입장 시간과 퇴장 시간이 정해져 있어 반드시 사전 예매가 필요하다.
- 예매를 하지 않았을 시 입장 불가능하며 설령 로마패스가 있다고 해도 입장 시간 예약은 필요하다.
- 홈페이지에서 예약 시 수수료가 들지만 시차에 맞춰 전화비를 써 가며 국제전화로 예약을 하는 것보다는 홈페이지 예약이 더 낫다.
- 회화들도 상당한 수준이지만 이곳에서는 조각에 집중하는 것이 더 좋다. 이 정도 조각을 다른 곳에서 만나기는 쉽지 않다.

티치아노 (Tiziano Vecellio, 1490경~1576) /

종교적 사랑과 세속적 사랑 (Profane Love from Sacred and Profane Love)

비싸 보이는 드레스를 입은 여자가 세속적 사랑, 천사가 종교적 사랑 배역을 맡았다. 세속적 사랑을 상징하는 여자가 가지고 있는 항아리엔 보석이 가득하고 종교적 사랑을 표현하는 천사가 들고 있는 검은 잔에서는 연기가 피어나오고 있다. 고전적인 우아함이 절로 베어져 나오던 작품.

  큐피드의 화살을 맞은 아폴로는 다프네를 열렬히 사랑하게 되고 다
프네는 이를 피해 달아난다. 뒤쫓는 아폴로에 붙들리려는 찰나, 다프
네는 자신을 나무로 바꾸어달라는 소원을 빌게 되고 그 즉시 월계수
로 변하기 시작한다. 뒤쫓는 아폴로와 월계수로 몸을 바꾸는 순간의
다프네의 모습은 돌을 깎아 만든 것이라는 게 믿어지지 않을 정도다.

베르니니 (Gian Lorenzo Bernini, 1598~1680) / 다비드 (David)

생각에 잠긴 듯 가만히 서 있는 미켈란젤로의 다비드와는 달리 베르니니의 다비드는 금방이라도 돌을 날릴 양 일촉즉발인 모습이다. 앙다문 입과 돌을 던지기 위해 몸을 뒤튼 모습은 진짜 인체보다 더 사실적이다.

베르니니 (Gian Lorenzo Bernini, 1598~1680) /
플루토와 페르세포네 (Pluto and Persephone)

저승의 왕 플루토가 페르세포네를 납치하는 순간을 포착한 조각. 페르세포네를 움켜쥐는 플루토의 근육과 붙잡혀 눌린 피부, 휘날리는 머리카락 등은 마치 말랑한 점토로 만든 것 같은 느낌이다. 완벽한 피부결의 표현은 이 작품이 걸작으로 꼽히는 이유를 충분히 설명해준다.

카라바조 (Caravaggio, 1573~1610) /

성 모자와 성 안나 (Madonna and Child with St. Anne)

　적나라한 노파로 표현된 성 안나와 과도한 노출 의상을 걸친 성모, 아기가 아닌데도 알몸 상태인 예수 등 성스러운 인물들을 마치 이웃의 모습처럼 세속적으로 표현했다. 이런 점들 때문에 카라바조는 훗날 위기를 맞게 된다.

  탐스러운 온갖 과일들이 가득한 바구니가 먼저 눈에 들어오지만 소
년의 모습도 만만치 않다. 남자인지 여자인지 아리송한 모습에 옷차
림도 표정도 너무나 관능적. 등 뒤의 그림자는 마치 천사의 날개 같아
보이기도 한다.

카노바 (Antonio Canova, 1757~1822) /

비너스로 분장한 폴린 보나파르트 (Pauline Bonaparte as Venus Victrix)

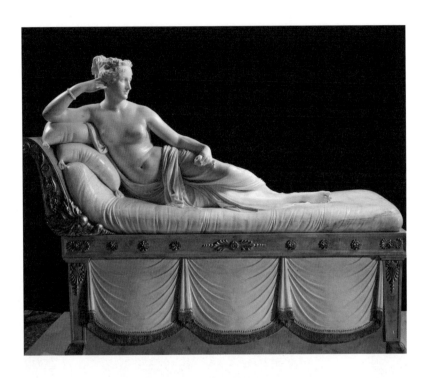

나폴레옹의 여동생인 칼린 보나파르트를 마치 비너스처럼 표현했
다. '비너스로 분장한'이라는 수식어가 붙음에도 불구하고 많은 사람
들은 이 조각을 칼린 그 자체로 인식하곤 한다.

밀라노 – 브레라 미술관 (Pinacoteca di Brera)

[브레라 미술관 관람 Tip]

- 바티칸 박물관, 우피치 미술관과 함께 이탈리아의 3대 미술관으로 꼽히는 곳이다.
- 나폴레옹이 파리의 루브르 박물관처럼 만들고 싶어 했던 곳이라 소장품들이 제법 수준급인데도 다른 두 미술관에 비해서는 상대적으로 한적한 편이다.
- 북이탈리아 미술에 관해 관심이 많은 사람에게 추천한다.

만테냐 (Andrea Mantegna, 1431경~1506) /
죽은 그리스도 (The Lamentation of Christ)

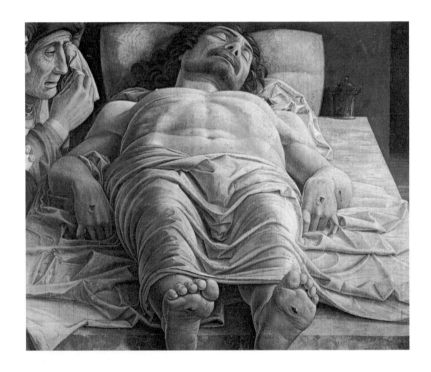

자칫 그냥 지나칠지도 모를 정도로 어두운 방 구석에 있는 작품이
지만 뿜어내는 아우라가 엄청났던 작품.

인체에 원근법을 적용한 최초의 작품이라는데 독특한 구도 덕분인
지 손발에 난 못 자국과 지쳐 버린 예수의 얼굴이 더 눈에 들어온다.

　피에타는 상당히 오랜 기간 많은 작가들에 의해 다양한 방식으로 표현된 주제. 구도도 구성도 다양한데 이 작품은 마리아와 요한이 예수와 함께 석관에 들어가 있는 모습이다.

젠틸레 벨리니 (Gentile Bellini , 1429~1507)와
조반니 벨리니 (Giovanni Bellini, 1430경~1516) /
알렉산드리아에서 설교하는 산 마르코
(St Mark Preaching in a Square of Alexandria in Egypt)

방 한 개의 한쪽 벽을 가득 채울 정도로 엄청난 크기에, 나름의 '스토리'가 있는 작품이다. 산 마르코가 이방인들에게 설교하는 모습으로 그림 속에서 왼쪽은 가톨릭, 오른쪽은 이슬람으로 표방된다. 양쪽 사람들의 상이한 옷차림을 살펴보면 꽤 재미있다.

틴토레토 (**Tintoretto, 1519~1594**) /

산 마르코의 유해 발견 (**Finding of the body of St Mark**)

주인공 주변에 후광처럼 강렬한 빛과 그림자가 드러나 있어 마치 연극에서 모든 조명이 꺼지고 주인공에만 핀 조명이 떨어져 있는 듯 극적인 느낌을 준다. 아치형의 건축물의 중간 부분(소실점)이 아니라 왼쪽 하단에 주인공이 그려져 있는 점도 독특한 포인트.

프란체스코 하예즈 (Francesco Hayez, 1791~1882) / 키스 (The Kiss)

　연인의 모습과 함께 뒤쪽의 그림자, 가려진 얼굴, 옷의 질감 등 볼
거리가 많은데 사실 빨간 옷과 파란 옷은 당시 이탈리아와 프랑스를
상징하는 것이며 그들의 키스는 일종의 동맹을 표현하는 것으로 역사
적인 상징을 많이 품고 있는 작품이라고 한다.

최후의 만찬과 달리 엠마오의 만찬은 부활한 후의 만찬이라는 의미. 식탁의 나그네가 부활한 예수라는 사실을 깨닫고 두 순례자가 놀라고 있는 모습이 포인트인데 그 순간을 성스럽고 우아하게 표현하기보다는 마치 풍속화처럼 사실적으로 그려놓은 점이 카라바조답다.

제목을 보기 전에는 그저 몽환적인 분위기에서 다 함께 춤추는 그림 정도로 생각했는데 제목을 보고나니 갑자기 난장판처럼 느껴져 오래도록 기억에 남았다.

피렌체 – 우피치 미술관 (Galleria degli Uffizi)

[우피치 미술관 관람 Tip]

– 언제나 사람이 많으니 어지간하면 미리 예약을 하자.

– 보고 싶은 작품을 찾아다니면서 볼 때는 시대순으로 찾아다니자.
  각 전시실은 시대순으로 배열되어있어 이쪽이 편리하다.

조토 (Giotto di Bondone, 1267경~1337) /

오니산티 마돈나 (Ognissanti Madonna)

모든 예술은 신께 영광을 돌리기 위한 것이고 글을 모르는 미개한 평민들에게 신의 위대함을 알리기 위한 수단으로 쓰이던 시절, 원근법이라는 것은 존재하지 않았다. 신은 무조건 크게 인간은 깨알처럼 작게 그려야 했기 때문. 또한 이 시절에는 성모를 아름답고 우아하게 표현한다거나 아기 예수를 귀엽고 사랑스럽게, 즉 인간적으로 표현하는 것은 곧 신성모독으로 통했다. 성모와 아기 예수는 그저 '단단'하게 표현되어야만 했다.

이 와중에 조토는 처음으로 원근법을 사용한 화가이자 성모와 아기 예수를 그나마 자연스럽게 그린 화가로 알려져 있다.

미술은 이렇게 조금씩 신 중심에서 인간 중심으로 바뀌어갔으며 때문에 조토를 '르네상스의 아버지'로 부르기도 한다.

아기 예수를 안고 보좌에 앉아있는 성모와 그 주위를 호위하듯 천사들이 둘러싸고 있는 주제를 마에스타(Maesta)라고 한다는 것도 알아두자.

보티첼리 (Sandro Botticelli, 1445~1510) /
비너스의 탄생 (The Birth of Venus)

사실 우피치 미술관에는 보티첼리의 대표작 2점을 보러 온 사람들
이 반 이상일 거라고 생각한다. 둘 중에 먼저 만날 수 있는 작품은 〈비
너스의 탄생〉으로 바다의 물거품 속에서 탄생한 비너스가 조개를 타
고 육지에 닿는 순간을 포착한 그림이다.

왼쪽에서는 바람의 신들이 바람을 일으켜 비너스를 육지로 보내고
있으며 오른쪽에서는 계절의 여신이 알몸인 비너스에게 옷을 입히려
고 하고 있다. 물거품으로 가득한 바다와 하늘의 오묘한 빛깔은 직접
눈으로 보는 것만큼은 전달이 안 되는 것 같다. 비너스의 모습은 보티
첼리가 연모했던 여인, 시모네타의 모습을 닮았다고도 전해진다.

13~14세기만 해도 '전도'의 방식은 세련되지 못했는데 그 당시 그려진 〈수태고지〉의 경우에는 천사의 입에서 마리아에게 직접적으로 대사가 날아가도록 그려놓을 정도였다. 15세기에는 상황이 좀 달라져 천사 가브리엘도 마리아도 훨씬 자연스럽다.

이 그림은 어디에 서서 보느냐에 따라 다르게 보이는 그림이기도 하니 오른쪽, 왼쪽을 왔다 갔다 하면서 감상하는 것을 추천한다.

필리포 리피 (**Filippo Lippi, 1406경~1469**) /
성모와 두 천사 (**Madonna with the Child and two Angels**)

아버지는 필리포 리피(Filippo Lippi)이고 아들은 필리피노 리피 (Filippino Lippi)여서 상당히 헷갈리는데 이 그림은 아버지의 그림.

이 작품에서 성모의 모델이 되었던 여인은 그 당시 필리포 리피가 벽화 작업을 하던 수도원의 수녀였는데 그림을 그리던 중 서로 사랑하게 되어 야반도주, 그 후 아들 필리피노 리피를 낳았다고 알려져 있다. 그림 속 성모의 모습은 아기 예수나 천사의 모습보다 특별히 더 아름답고 우아하게 그려진 느낌인데 역시나 화가가 사랑에 눈이 멀었기 때문으로 보인다.

필리포 리피는 보티첼리의 스승이기도 했고, 아들 필리피노 리피는 아버지 리피에게 그림을 배웠지만 후에 보티첼리 밑에서 조수로 일하기도 했으니 보티첼리와도 깊은 관계가 있는 사람들이다. 그래서인지 그림 속 성모의 모습은 보티첼리의 그림 속에 등장하는 여인들과도 묘하게 닮았다. 아들 필리피노 리피의 작품도 우피치 미술관에서 함께 감상할 수 있다.

미켈란젤로 (**Michelangelo, 1475~1564**) / 성 가족 (**The Holy Family**)

〈성 가족〉은 확실하게 미켈란젤로의 것이라고 인정받은 유일한 회화 작품으로 상당히 초기 작품이다. 성 가족을 주제로 한 다른 작품들과 달리 아기 예수가 성모의 어깨 위에 올라가 있는 점이 독특하며 성모는 여성성을 거의 잃은 강인한 모습으로 그려져 있다. 다부진 팔뚝을 보면 마치 남자 같기도 하다.

근육질 몸매를 자랑하는 뒤쪽의 인물들은 미켈란젤로의 유명한 조각상들을 떠올리게 한다.

이 작품은 현대 복원 기술이 총동원되어 복원된 작품으로 유명하다. 이 그림이 걸려있던 저택이 붕괴되면서 그림은 17조각으로 산산조각이 났고 그 뒤 수많은 사람들이 500여 년간 이를 붙이고 덧칠하고 등의 작업을 계속하면서 그림은 원래의 모습을 완전히 잃게 되었다.

90년대 말에 대대적으로 시작된 복원 작업은 원래의 모습 재현에 초점을 두었다. 약 50여 명의 전문가가 동원되어 덧칠된 부분을 긁어내고 본래 색깔로 되돌렸는데 이에는 자그마치 10년의 세월이 걸렸다. 그 덕에 지금의 모습을 되찾게 되었다고. 이 작업을 총괄했던 파트리지아 리타노는 '라파엘로보다 내가 이 그림을 더 잘 알 것'이라고 말했을 정도이다.

티치아노 (**Tiziano Vecellio , 1490경~1576**) /
우르비노의 비너스 (**Venus of Urbino**)

　중세시대에는 신이 아닌 일반 인간의 누드라는 것은 상상도 할 수
없는 불경한 주제였고, 르네상스로 넘어오면서 그나마 자유로운 표현
이 가능해지자 그제서야 누드화가 생겨나기 시작했다. 하지만 그 당
시 예술을 후원하고 그것을 팔아주는 사람들이 모두 남자였기에 역시
나 여자의 누드화뿐. 심각하게 말하자면 성의 상품화이고 가볍게 말
하자면 소주 모델이 전부 예쁘고 젊은 여자 모델인 것과 일맥상통하
는 부분이기도 하다.

카라바조 (Caravaggio, 1573~1610) / 바쿠스 (Bacchus)

　카라바조의 작품 속 소년들은 모두 뽀얀 피부에 어깨를 내놓은 미
소년의 모습이라 그의 성 정체성을 의심케 하는 증거로 꼽히기도 한
다. 술이 오른 듯 불그스름한 얼굴로 술을 권하는 모습과 바구니에 넘
쳐나는 과일들은 "인생은 짧으니 빨리 마셔"를 외치는 듯하다. 왼쪽
하단의 와인병을 자세히 보면 그림을 그리고 있는 카라바조 본인의
모습이 그려져 있기도 하다.

카라바조 (Caravaggio, 1573~1610) /메두사의 머리 (Head of Medusa)

사실주의에 입각한 카라바조의 작품. 범죄자의 목이 광장에서 공개
적으로 베어지던 시대였으니 참수의 순간을 직접 눈으로 보고 더욱
사실적으로 그릴 수 있었으리라.

참고로 그는 페르세우스에 의해 목이 잘린 메두사, 홀로페르네스의 목을 베는 유디트, 살로메 때문에 참수된 세례 요한, 골리앗의 머리를 들고있는 다윗 등 참수와 관련된 주제 중 그릴 수 있는 작품은 모두 그리기도 했다.

이 작품은 그 중에서도 페르세우스에 의해 목이 잘린 메두사의 모습을 그린 것.

눈이 마주치면 그 상대를 돌로 만들어버린다고 하여 페르세우스는 거울 방패를 이용해 메두사의 목을 벤다. 메두사의 목숨이 끊어진 후에도 여전히 그 능력은 유지되었기에 페르세우스가 가져온 메두사의 머리를 아테네가 방패에 붙여서 전투에 나갔다는 이야기도 전해진다.

이런 신화를 답습하기라도 하듯 이 작품 역시 둥근 나무 방패에 그려져 있다.

메두사는 본래 대단한 미인이었으나 넵튠에게 강간을 당한 후 머리카락이 뱀으로 변했다고 알려져 있다. 폭력을 당한 여성이 괴물이 되었다는 식의 줄거리가 불편한 것은 역시 내가 여자이기 때문일까?

하지만 신화 속 묘사와는 달리 이 작품 속 메두사는 참수의 고통 때문인지 아름답기는커녕 거의 남자처럼 보인다.

파르미자니노 (Parmigianino, 1503~1540) /
목이 긴 성모 (The Madonna of the Long Neck)

르네상스와 바로크 사조 사이의 과도기적 양식을 뜻하는 '매너리즘'은 독창성 없이 고착된 양식만을 따르는 평범한 작품, 습관적인 방식을 뜻하는 말로 우리가 흔히 쓰는 '매너리즘에 빠졌다'라는 표현도 같은 맥락이다. 다만 그 틀 안에서도 나름의 변주는 있었으니 마냥 부정적인 시각으로 보기엔 조금 아쉽다.

이 시기의 작품들은 인체를 길게 늘여 형태를 왜곡시키면서 동시에 기괴한 느낌을 주는 것이 특징인데 그렇다고 해서 사람을 요괴처럼 표현한다는 뜻은 아니다. 이 작품들은 우리가 아름답다고 믿는 것들이 정말로 그런가, 오랜 전통 때문에 그렇게 학습된 것 아닌가를 다시금 생각해보게 한다.

〈목이 긴 성모〉는 매너리즘의 대표격으로 꼽히는 작품으로 성모의 목과 손가락, 아기 예수의 몸통과 팔다리 등이 지나치게 길다.

아르테미시아 젠틸레스키 (Artemisia Gentileschi, 1593~1652) /

홀로페르네스의 목을 베는 유디트 (Judith Slaying Holofernes)

같은 장면을 그린 작품이 제법 많지만 나는 그중에서도 이 작품이 제일이라고 생각한다. 과업을 단 한 번에 끝내지 못하면 내 목이 달아나게 생겼는데도 다른 작품 속의 유디트들은 너무나 연약하고 청순가련하게 표현되어있어 사실감이 다소 떨어진다. 자고로 누군가의 목을 베려면 이 정도의 강인함은 있어야 하지 않을까? 괴물을 제압하려면 나도 괴물이 되어야 한다는 말도 있지 않은가.

그런 의미에서 이 작품은 "나는 여자가 무엇을 할 수 있는지 보여줄 것입니다"라고 했던 화가의 말과도 꼭 어울리는 작품이다.

남자 위주로 모든 게 돌아가던 당시 사회에서 여류화가로서 여러 어려움을 겪었던 화가 본인의 모습을 그린 것이라는 평도 있으니 참고하자.

피렌체 – 피티 궁전 內 팔라티나 미술관

(Palatine Gallery in Palazzo Pitti)

[팔라티나 미술관 관람 Tip]

- 다른 유명 관광지들과 다소 떨어져 있어서 작정하고 멀리 걸어와
  야 해 입지 조건은 좋지 않다.
- 그래서인지 우피치 미술관 버금가는 수준의 작품들이 많은데도 상
  대적으로 사람이 적다.
- 관람객 편의에 맞춰 잘 정리 정돈해서 작품을 전시한 곳은 아니며
  그림이 벽과 천장에 가득 걸려있어 작품 이름조차도 찾기 힘든 점
  이 단점이다.
- 궁전이니만큼 정원도 딸려있고, 여러 갤러리와 박물관(현대 미술
  관, 의상 미술관, 도자기 박물관, 은 박물관)도 딸려있어 다른 볼
  거리도 제법 있는 편이다.

팔라티나 미술관의 대표작이라고 하면 아마 1순위로 소개될 작품. 이 작품을 지배하는 따뜻하고 부드러운 색감은 아무리 미래에 인쇄기술이나 촬영기술이 발달한다고 해도 맨눈으로 직접 보는 게 아니면 절대로 느낄 수 없을 것 같아 아쉽다. 뽀얗고 통통하니 온기가 느껴지는 듯한 피부표현은 사진보다도 더 사실적이다.

라파엘로 (**Raffaello Sanzio, 1483~1520**) / 대공의 성모 (**Madonna del Granduca**)

　〈의자의 성모〉에 그려진 성모자와는 또 다른 성모자의 모습을 볼 수 있는데 내 눈에는 이쪽이 좀 더 기품있어 보였다. 사람이 아니라 신을 그린 듯한 느낌. 색깔과 색깔 사이의 경계선을 부드럽게 처리하는 기법을 스푸마토(sfumato) 기법이라고 하는데 이 작품은 그 부드러움이 솜털을 연상케 할 정도.

라파엘로 (Raffaello Sanzio, 1483~1520) / 라 벨라타 (La velata)

라파엘로의 작품 속 여인들은 모두 샘이 날 정도로 아름답다. 이 작품 속에 영원히 남은, 흑발에 검은 눈을 가진 여인의 모습도 아름답지만 옷의 사각거리는 듯한 질감과 주름, 머리에 쓴 베일을 너무 사실적으로 표현해서 놀라웠던 작품.

　암시적인 그림을 많이 그렸던 조르조네의 작품. 초년, 중년, 말년의 모습을 한 남자들이 한 화면에 보이는데 지금 공부해봐야 결국 대머리 노인이 될 거라는, 삶의 무용함을 느끼게 한다. 하지만 이 셋 중 정면을 주시할 수 있는 사람은 노인 뿐이기도 하다.

어두운 배경에 빛을 가지고 장난치는 수법이 보통이 아니다. 샬켄
의 작품은 대개 이런 스타일인데 명암을 활용한 촛불 표현에 이렇게
까지 특화된 사람은 이 사람뿐이다.

크리스토파노 알로리 (Cristofano Allori, 1577~ 1621) /

홀로페르네스의 머리를 들고 있는 유디트 (Judith with the Head of Holofernes)

이 작품 속의 유디트는 끔찍한 살인을 저질렀다기엔 너무 가녀리고 도도해 보이는 모습. 홀로페네스의 표정도 참수당한 것치고 썩 고통스러워 보이지는 않는다. 유디트를 주제로 한 작품은 아주 많다. 하지만 우피치 미술관에 있는 아르테미시아 젠틸레스키의 작품을 제외하고는 대부분은 이런 식으로 묘사되어있다.

바로크 미술의 중심이라 불리는 루벤스. 그는 평생에 걸쳐 자화상, 초상화, 제단화 가릴 것 없이 많은 걸작을 남겼다. 작품 수를 보면 거의 공장에서 찍어낸 정도의 수준이라 전세계 어느 미술관에 가도 루벤스 작품은 쉽게 볼 수 있는 편이지만 그럼에도 불구하고 그의 작품은 늘 매력적이다.

루벤스는 인물의 피부 표현에 정말로 능하다. 라파엘로와는 또 다르게 피부를 표현하는데 그의 작품 속 인물들의 성별이나 나이, 계급이 피부만으로 구분 가능할 정도다. 이 작품 속에서도 성인과 아이, 남자와 여자, 달아나는 사람들과 군인 등 모두의 피부를 다르게 표현했다.

카라바조 (Caravaggio, 1573~1610) / 잠자는 큐피드 (Sleeping Cupid),
이빨 뽑는 사람 (The Tooth Puller)

카라바조는 제대로 미술을 배운 적이 없어서 당시 다른 화가들에게 무시당하기 일쑤였다고 한다. 하지만 기술적으로 부족한 부분을 그만의 사실주의와 극적인 명암대비로 가득 채워 넣었기에 그의 그림에서 뭔가가 부족하다는 느낌은 전혀 들지 않는다.

그의 작품은 미화된 부분 하나 없이 너무 노골적이고 사실적이라 늘 말도 많고 탈도 많은데 큐피드조차도 귀엽거나 예쁘지 않다. 깔고 누운 날개와 베고 있는 화살통을 발견하지 못했더라면 큐피드인지 알아채지도 못할 정도에 몸만 어린애지 얼굴은 성인의 얼굴이라 조금 징그럽기까지 하다.

그림 속 큐피드는 사랑스럽게 잠들었다기보다는 마치 곯아떨어진 듯한 모습이다. 여기저기 사랑의 화살을 쏘아대다 제풀에 지친 걸까?

이 작품은 카라바조가 살인을 저지르고 도망 다니던 시절에 그려진 작품으로 이 시절에 그는 베개 밑에 칼을 넣어둔 채, 신발도 벗지 못하고 잤을 정도로 불안감에 시달렸다고 한다. 그래서일까? 화살통을 베고 활시위를 슬며시 놓친 채 곤히 잠든 큐피드의 모습은 왠지 화가 본인을 떠올리게 한다.

소재 자체는 신성하고 고전적이지만 그 표현 방식은 〈이빨 뽑는 사람〉에 등장한 보통의 인물들과 그다지 달라 보이지 않으니 두 작품을 비교하며 함께 감상하면 좋을 것 같다.

익숙한 곳에서의 삶은 위태로우면서도 참으로 이율배반적이게도 늘 권태롭습니다. 하지만 낯선 곳에서 마주하는 삶은 다릅니다. 아무 것도 아닌 일들이 모두 기억에 남습니다. 매 순간순간이 붙들어 매고 싶을 만큼 아쉬워 최선을 다해 열심히 보고 듣고 걷고 먹고 나누고 느끼며 살게 됩니다.

그래서 낯선 곳에서의 무용담은 풀어놓고 또 풀어놓아도 끝이 없습니다. 여정이 길고 짧고는 큰 관계가 없는 것입니다.

그렇습니다. 늘 그렇게 살아야 하는 것일지도 모릅니다.
"오늘 어땠어?"라는 질문에 "별일 없었어, 그냥 그랬어"보다 "오늘은 내가 말이야, 무슨 일이 있었느냐 하면"으로 언제나 말문을 열 수 있게 살아야 하는지도 모릅니다.

우리 삶은 여행이 아닐 때는 언제나 우리에게 업신여김을 당해왔습니다. 안타까운 일이 아닐 수 없습니다.

산다는 게 녹록지 않다 보니 남의 사연까지 들어주기는 벅찬 세상입니다. 그래서 이 이야기를 책으로 만들겠다고 결심하기까지 오래 걸렸고, 결정을 하고 나서도 사실 확신이 없었습니다. 하지만 생각보다 많은 분들이 이 책이 세상에 나오도록 도와주셨고 특히나 텀블벅(https://www.tumblbug.com)을 통해 든든한 후원을 받을 수 있었기에 무척이나 감사한 마음입니다.

제 이야기를 관심 있게 들어주시고 믿음을 주신 여러분께 이 책을 바칩니다. ✈

SUPPORTERS